PEÇAS DE UM DOMINÓ

© Pedro Tavares, 2019

Coordenação editorial: Graziela Ribeiro dos Santos
Assistência editorial: Olívia Lima
Preparação: Marcia Menin
Revisão: Carla Mello Moreira

Edição de arte: Rita M. da Costa Aguiar
Ilustração de capa: Anna Cunha
Produção industrial: Alexander Maeda
Impressão: Bartira

Dados Internacionais de Catalogação na Publicação (CIP)
(Câmara Brasileira do Livro, SP, Brasil)

Tavares, Pedro
    Peças de um dominó / Pedro Tavares. --
São Paulo : Edições SM, 2020.

    ISBN 978-65-5744-027-8

    1. Literatura infantojuvenil I. Título.

20-36545   CDD-028.5

Índices para catálogo sistemático:
1. Literatura infantojuvenil 028.5
2. Literatura juvenil 028.5

Cibele Maria Dias - Bibliotecária - CRB-8/9427

1ª edição novembro de 2020
2ª impressão 2022

Todos os direitos reservados à
SM Educação
Avenida Paulista 1842 – 18ºAndar, cj. 185, 186 e 187 – Cetenco Plaza
Bela Vista 01310-945 São Paulo SP Brasil
Tel. (11) 2111-7400
atendimento@grupo-sm.com
www.smeducacao.com.br

PEÇAS DE UM DOMINÓ

Pedro Tavares

Para Elô.

1

O teto do carro preto do meu pai era cheio de imperfeições. O cinza da parte interna já dava lugar a uma coloração amarelo-acobreada em alguns pontos, principalmente nas laterais. Buracos e falhas se espalhavam por todo o contorno, que parecia prestes a se esfarelar e revelar o forro. Ele guiava e minha mãe ia no banco do passageiro. Atrás, minha irmã escutava algum CD dos Raimundos ou da Alanis Morissette no seu *discman* e eu ficava deitado com a cabeça no colo dela, olhando para cima. Via no teto do carro o espaço sideral, as estrelas e os planetas. Cada pontinho era um pedaço de galáxia; cada rasgo, um cinturão espacial.

Quando encostava o queixo no peito, conseguia acompanhar pela janela as árvores passando, como em um vídeo antigo, só que mais veloz. Passavam zunindo, fazendo desenhos que me lembravam os monitores de batimento cardíaco que via na televisão, para cima e para baixo, ininterruptamente, como um sinal de que ali a vida pulsava.

Aos domingos, no fim dos anos 1990, o destino era Araçariguama, cidade do interior de São Paulo, com mercado, lojinhas, posto de gasolina, escola, igreja e uma única praça, onde ficavam o coreto e os velhos. Meu avô materno, depois de juntar algum dinheiro trabalhando como feirante, comprou um terreno e construiu uma casa na zona rural daquela região. Era "o sítio", para mim.

A hora de viagem era feita, primeiro, com o rádio sintonizado em um locutor que dava as notícias com voz rouca. Quando minha mãe se cansava, enfiava a fita cassete do álbum *Revolver*, dos Beatles, goela abaixo do aparelho, e seguíamos pela Rodovia Castelo Branco. Eu tinha dez anos de idade e cantava "Yellow submarine" mentalmente, em um inglês inventado. Não era um momento de conversa. Ou o som estava muito alto, ou o vento entrava pelas janelas abertas e rebatia nos nossos ouvidos.

— Tá vento aí atrás?
— Quê?
— Tá vento aí atrás?

Podia estar um vendaval dentro do carro, minha resposta era sempre não. Meu pai escancarava sua janela e deixava o cotovelo apoiado na porta. Dirigia tranquilamente, sem abusos, tanto que, na volta, se não parássemos para comer pamonha, eu dormia por quase toda a viagem e só acordava quando chegávamos à garagem do nosso prédio.

Às onze da manhã, o carro parava no portão do sítio. Minha mãe saía do carro, abria o cadeado e seguíamos pelo caminho que contornava o campinho de futebol e acabava lá no alto, onde ficava a casa. Bem na entrada, havia uma placa de madeira talhada com a inscrição "O Recanto das Seriemas".

— Mãe, o que é seriema?
— É um pássaro de perna longa.
— Tipo um avestruz?
— É... só que menor.

Uma varanda em L, com piso de ladrilhos marrons, abraçava as paredes da casa. As redes eram penduradas ali, ao lado da grande mesa de almoço e de uma sinuca com feltro em diferentes tons de verde e que já não encostava os quatro pés no chão.

Mais à frente, uns dez passos para fora, um caminho de pedras gastas levava até a capelinha de paredes brancas descascadas, com pequenos vitrais coloridos nas laterais. No altar, minha avó deixava imagens de santos, uma bíblia grossa encostada em um apoio plástico e uma toalha bordada com imagens do Galo de Barcelos.

Eu morria de medo dos santos. Não fitava os olhos deles. Tinha a impressão de que assim não descobririam meus segredos, então eu mantinha a cabeça baixa. Ia quando os raios de sol atravessavam as janelas, para observar os desenhos caleidoscópicos que se formavam nas minhas mãos e nos meus braços. Nunca vi meu pai entrar naquela capela.

Ele passava os domingos no puxadinho ao lado, onde ficavam a churrasqueira, a pia de cozinha, a geladeira velha cuja porta mal fechava e a mesa de madeira gasta, ladeada por dois bancos longos, estilo refeitório. Seu corpo magrelo, descamisado, suava perto do carvão ardendo. Usava sempre a mesma bermuda quadriculada em azul e branco impregnada com o cheiro de anos de churrasco. A tarde seguia com incontáveis jogos de dominó entre ele, meus tios e meu avô.

Eu não gostava de ir ao puxadinho. Só aparecia quando o esperado grito de carne pronta me atraía. Sabia que o ambiente não era meu. Toda vez que me aproximava de lá, era escalado para alguma tarefa, como pegar travessas na cozinha ou perguntar à minha avó em quanto tempo o arroz ficaria pronto.

Também não entendia nem um pouco do dominó deles, muito diferente do que eu jogava com os colegas da escola. Para começo de conversa, as peças não tinham nada a ver. Eu estava acostumado com as coloridas, de plástico, que ganhava nas festas juninas que frequentava. Já as do sítio eram profissionais, brancas, gordas, pesadas e, entre os dois números de pontos de cada uma delas, havia uma faixa com um pingo dourado no meio, como um minicinturão de boxe. Aquelas peças tinham imponência.

O jogo em si também parecia outro. Eu achava que bastava combinar números iguais, mas os observava pensando muito antes de cada movimento. Meu pai, que conseguia segurar todas as peças com uma só mão, dizia que era um jogo de estratégia, que exigia bom raciocínio matemático.

— Você pode ter três pedras possíveis na sua mão, mas uma é sempre melhor que as outras. Tem que pensar no parceiro também, não pode fechar ele.

Todos se referiam às peças como "pedras", e aquilo me impressionava. Não entendia muito bem o porquê de uma ser melhor que as outras, nem sabia que havia um parceiro. Eu me confundia ainda mais quando eles diziam palavras como "doble", "quina" e "terno". No fim, ia embora desolado. Onde já se viu um jogo feito para diversão nos obrigar a fazer contas?

Meu pai jogava por horas. Em casa, usava o computador. No futebol com os amigos, levava uma pequena maleta e armava a mesa para a jogatina logo após o término da pelada. Nem se pudesse eu participaria daquilo. Teria medo de errar um lance bobo e receber um olhar de desaprovação, uma bronca. Sabia que não conseguiria raciocinar daquele jeito e preferia nunca me meter.

Lembro que, durante todo o tempo em que o churrasco era preparado no sítio, ele ficava jogando. Colocava uma peça, levantava, virava a carne, sentava, fazia cara de mistério, falava uma gíria antiga do dominó, colocava outra peça, levantava, virava a carne novamente, e assim ia. Apesar de não estar muito perto, eu me esforçava para ficar no seu campo de visão. Punha meu aparato futebolístico, que consistia em uma camisa folgada e um par de chuteiras sem cravos, e tentava fazer embaixadinhas para ser notado. O campinho ficava logo atrás da casa principal, e era lá que eu queria ir.

O gramado tinha algumas irregularidades, como buracos e formigueiros. As traves, feitas com toras de árvores dali, balançavam e ameaçavam tombar toda vez que a bola as atingia, em especial se o chute fosse do meu pai. Jogávamos no gol mais perto da casa, na frente de um pequeno barranco que servia de proteção para a bola não ir longe toda hora. Mesmo assim, ela ia vez ou outra e, independentemente de quem havia chutado, era sempre eu quem ia buscar.

Meu pai mandava bolas altas e gritava para eu me esforçar na defesa. Depois batia por baixo e dava risada se eu me sujasse de terra. Quando trocávamos de posição, e tive consciência disso tempos depois, ele nunca deixava a bola entrar de propósito, para me agradar. Se eu chutasse de bico ou imitando alguma mania de jogador de futebol, ouvia sua tirada sarcástica.

— Deixa de ser nó-cego! Chuta direito!

Às vezes ele pegava a bola e a gente ficava jogando o que chamávamos de "driblinho" pelo campo. Passava por mim duas ou três vezes com facilidade e depois era minha vez de tentar alguma finta em cima dele. Sentia que não recebia um tratamento de criança que quer brincar, e isso me animava.

Meu pai batia um bolão, sem exagero. Sempre o acompanhei nos diferentes grupos de pelada. Terça à noite, quinta à noite, sábado de manhã. Areia, campo, *society*. Seu biotipo de tenista disfarçava sua habilidade com a bola no pé para quem o observasse de longe. Até hoje, foi o melhor que vi jogar. Prático para ir em frente quando visse a primeira brecha; esperto na descoberta das melhores jogadas entre todas as possíveis; confiante a ponto de arriscar um lance imaginativo quando menos se esperava; mas também irritado se as coisas não saíssem do seu jeito e individualista ao achar que precisava jogar sozinho.

Quando ele se cansava ou sentia que precisava voltar para a churrasqueira, subíamos e eu parava no meio do caminho para pegar limões. Caminhava entre as árvores, chegava ao limoeiro e ia arrancando um por um. Depois fazia uma trouxa com a camiseta e levava tudo até o puxadinho. Meu pai os cortava e ia despejando o suco em cima das costelinhas de porco.

Eram limões bem pequenos e cor de laranja, lembravam bolinhas de pingue-pongue. O gosto também era sutil, mais adocicado. Meu pai passava os dentes pelo osso para tirar toda a carne e lambia os beiços, com cara de satisfação. Meu avô fazia o mesmo. Parecia ensaiado.

— Pai, quantos quilos o vovô pesa?
— Depende da hora do dia.

Meu avô havia trabalhado por anos na central de abastecimento da capital, vendendo melancias. Sua barriga tinha o formato das frutas que vendia.

O pós-almoço no Recanto das Seriemas era sempre igual. Lentamente as pessoas iam se encostando em algum lugar. Era um cochilo coletivo, do qual todos da casa participavam, menos eu. Preferia explorar o sítio sem ser incomodado. Descia por trás do puxadinho, atravessava a horta da minha avó e ia olhar o galinheiro. Pegava uma folha qualquer e jogava para dentro do cercado para ver aquela meia dúzia de galinhas disputando o alimento. Elas bicavam e ciscavam, emitindo um som estridente. Eu tentava imitar, colocando a cara na cerca e fazendo "pó-pó-pó". Nada feito, ninguém me dava bola. Sentava por uns minutos na grama e depois ia embora, cansado da atitude que elas tinham comigo.

Quando subia e via tudo em silêncio, abria o carro e me acomodava no banco do motorista. Ligava o rádio, procurava o jogo do Corinthians e ficava escutando a narração acelerada. Não tirava os olhos do aparelho, como se estivesse vendo a partida pela televisão. Imaginava a torcida, os uniformes, as jogadas perigosas. Se o adversário marcava, diminuía o volume até o mudo para não ouvir. Se era gol do meu time, apertava rapidamente os botões para escutar melhor e tentar dublar a vinheta.

É gooool! Que felicida-aa-deee!

É gooool! O meu time é alegria da cida-a-de!

Mais ou menos no meio do segundo tempo, os adultos da casa iam acordando e vagando sem pressa, como sonâmbulos. Logo a garrafa térmica de café era posta sobre a mesa e todos iam se servir. Meu pai enchia o copo americano, sentava em um banco e apoiava as costas e o cocuruto na parede. Bebericava com calma, abrindo os olhos devagar. Às vezes, terminava e enchia o copo novamente.

Voltávamos para São Paulo no fim da tarde. Meu pai guiava e minha mãe ia no banco do passageiro. Atrás, minha irmã escutava música no *discman* e eu ficava deitado com a cabeça no colo dela. Às vezes, quando não olhava para o teto ou pela janela, observava meu pai — a parte de trás da cabeça, a nuca, as orelhas, os cabelos acinzentados, a barba rente às bochechas... Não imaginava que um dia ele fosse morrer.

2

Acordei com frio e senti a bochecha molhada. Ainda deitado, olhei para o tecido cinza do sofá e vi uma pequena poça de saliva na frente do meu rosto, bem embaixo do nariz. Minha mão esquerda formigava e eu não conseguia sentir os dedos. A persiana que cobria a janela atrás de mim balançava devagar, produzindo um barulho parecido com o das sacolas que eu enchia de conchas e areia nos antigos verões em Ubatuba — um chocalho em ritmo lento.

O telefone tocava. Percebi que a sala já não tinha luz, indicando o começo da noite, mas eu ainda estava sozinho em casa. Um perigo. Meu pai chegava do trabalho pontualmente às seis e meia, e ser pego esparramado no sofá, dormindo e babando, não era minha primeira opção para nenhum dia.

— Fez o que hoje?

— Nada.

— Fácil, né?

Meu pai não fazia longos discursos nem dava broncas elaboradas, com lições de vida e frases de efeito. Eu estava acostumado com os comentários curtos e ácidos, já sabia tudo o que ele queria dizer com aquele "Fácil, né?". Na verdade, posso me lembrar tranquilamente dos raros momentos em que precisei ouvi-lo por um longo tempo, de cabeça baixa.

Quando tinha doze anos de idade, na sétima série[1], tive que escolher um livro para ler nas férias de julho e optei por A ilha do tesouro. Deixei o troço na mochila. Fui à casa de amigos, joguei futebol, fiquei acordado até tarde para ver filmes na televisão, passei todas as fases do videogame e meu pai não disse uma palavra. Um domingo antes da volta às aulas, de manhã, ele perguntou da leitura, e eu disse que estava quase acabando.

— Pega lá e me mostra onde você tá, então.

Caminhei para meu quarto considerando a viabilidade de rapidinho fazer uma corda com lençóis e escapar pela janela, como nos filmes de ação que eu alugava na videolocadora da esquina. Voltei para a cozinha e entreguei o exemplar amarelado aberto em uma página aleatória. Meu pai me olhou.

— Você leu até aqui?

— Sim.

— Explica aí a história.

Fiquei quieto. Meu pai virou a cabeça e me encarou, mexendo a mandíbula para o lado. Pensando hoje, acho que talvez estivesse ponderando que tipo de bronca me daria. Se era isso, escolheu a opção demorada e em alto volume. Ele sabia que eu não havia lido nada, mas esperou até o momento final para me ver enrolado em uma mentira.

— Até a noite quero uma explicação detalhada de cada capítulo.

Li o livro inteiro guiado pelo medo. À noite, ele se contentou com um resumo rápido da história e me mandou para a cama. Não me lembro de absolutamente nada sobre a discussão de A ilha do tesouro na escola, porém tenho a clara memória daquele domingo e da bronca que tomei do meu pai.

O tempo passou e, naturalmente, o que era raro foi quase deixando de existir. Quando eu estava no colegial, o estilo menos alongado

---

[1] Foram mantidas as nomenclaturas usadas na época para os anos e segmentos escolares. (N.E.)

já predominava. Por isso me acostumei; foi uma evolução gradual, como se ele fosse dando um apelido para as broncas, encurtando-as sem que perdessem o sentido.

E daquela vez eu tinha vinte anos, fazia o último ano de faculdade e estava desempregado. Ser pego dormindo no sofá em um dia de semana tinha algo a ver com vergonha também, com um sentimento de inutilidade, de não aproveitamento de privilégios. A vida adulta me abria as portas havia tempos e eu não entrava.

A passagem para a maioridade veio de maneira banal, mas não menos impactante. Todas as possibilidades que borbulhavam na minha cabeça anteriormente não existiam mais. Tudo o que eu achei que poderia ser, os talentos que eu pensava possuir, meus interesses e paixões de anos anteriores pareciam não ter valor para aquele momento. Eu não escreveria roteiros de filmes ou séries, não estaria à frente de um programa de entrevistas, não seria contratado para ter uma coluna no jornal.

A verdade é que havia começado um curso de jornalismo três anos antes e, até então, não tinha ideia do que fazia lá. Os amigos do colégio ficaram no passado, e ter novos não me interessava nem um pouco, o que me trouxe uma rotina de manhãs isoladas, seguidas de tardes largado em casa e noites procrastinando. Havia trabalhado pouco até ali, em roteiros pequenos para rádio e publicidade. Enviava currículos diariamente, mas sentia como se estivesse colocando um bilhete dentro de uma garrafa e jogando-a no oceano. Achava, como é natural de qualquer jovem, que tudo caminharia no tempo certo — no meu tempo, claro. Não foi o que aconteceu. Não tinha pista alguma sobre meu caminho naquela tarde, e o telefone continuava a tocar.

Eu me virei no sofá, fiquei com a barriga para cima e alisei meus dedos dormentes. Usei a mão direita na tentativa de acordar a outra, cutucando e beliscando a pele. Não atendia o telefone em casa, nunca era para mim. Só que podia ser meu pai e, se fosse, não seria esperto atender com voz de sono. Bocejei e limpei os olhos.

As únicas vezes que ele chegava em casa após o horário usual era quando ia cortar o cabelo, mas nunca avisava. Vinha tarde com a nuca avermelhada e um corte sempre igual, rente à cabeça.

— Fui no Dois Pombos.

O barbeiro se chamava "Dois Irmãos" e meu pai sempre soltava a mesma piada.

— Só faz caca — e ria sozinho.

Era uma graça antiga. Meu pai tinha um repertório delas, e eu já sabia algumas de cor.

— Pai, um amigo meu tá chamando pra viajar esse fim de semana.

— Avisa pra ele que eu não posso.

Pensei que precisava atender. Devia ser algo importante, não uma mera ida ao salão da Vila Beatriz. Podia ser minha mãe ou minha irmã, mas elas só chegavam do trabalho depois das oito, não teriam motivo para ligar. Olhei para a tela iluminada do aparelho e sentei na ponta do sofá. O telefone parou de tocar.

Aos vinte anos, meu pai provavelmente trabalhava e estudava. Talvez tivesse dois empregos. Na verdade, sabia muito pouco sobre seu passado, nunca perguntei e ele não era muito de contar. Meu conhecimento era pontual, adquirido por outras fontes da família.

Sabia que meu avô era português e desembarcou no Brasil com dezesseis anos, para morar com parentes na zona norte de São Paulo. Viu minha avó pela primeira vez em um baile do clube da Portuguesa. Os dois dançaram naquela noite e se casaram cinco anos depois. Ele abriu um bar ali mesmo, ao lado do salão em que se conheceram, das piscinas e do campo de futebol.

Foi onde meu pai passou a infância: no caixa, anotando pedidos de bolinho de bacalhau; no campo de terra, chutando bola; nos trampolins, pulando de cabeça na água gelada; e, nas arquibancadas do Canindé, assistindo de graça aos jogos da Lusa, cortesia dos seguranças que o botavam para dentro por amizade.

Conheceu minha mãe na adolescência e começou a trabalhar

como *office-boy*. Entregava documentos por todo canto da cidade e descansava em balcões de padaria, degustando um pingado e um pão na chapa. Depois, escolheu um curso de faculdade gratuito — administração pública —, trabalhou em empresas, cansou e abriu uma vidraçaria em Perdizes com um amigo. Era só o que eu sabia.

Já era tarde. Espreguicei, estalei os ossos do pescoço e levantei. O telefone voltou a tocar. Fui até o móvel ao lado da porta da cozinha, tirei o aparelho do gancho, apertei o botão e atendi.

— Passa pra sua mãe.

Meu pai tinha um jeito próprio de falar ao telefone, deixando de lado "ois" e "tchaus", indo direto ao assunto e desligando na nossa cara. Em mensagens de texto era a mesma coisa. Em vez de "Onde você está? Com quem? Que horas volta?", enviava apenas um "?".

— Ela ainda não chegou. Você tá onde?

Esperei a resposta por alguns segundos.

— Vim fazer uns exames. Pede pra ela me ligar no celular quando chegar, então.

E desligou.

3

Minha mãe abriu a porta do meu quarto, me encarou e disse que meu pai estava no hospital. Passaria a noite com ele. Falou como se estivesse indo à padaria ou à banca de jornais. Levantei da cama e fomos até o guarda-roupa no quarto deles, de onde ela tirou uma muda de roupas e começou a organizar tudo dentro de uma mochila.

— O que aconteceu?

— Ele foi fazer uns exames lá. Parece que tem que esperar até ficarem prontos.

— Como assim? Não pode esperar em casa?

— Não sei. Ele disse que tinham sido inconclusivos.

Movi a cabeça para trás e franzi as sobrancelhas, encarando-a.

— Sei lá... — disse ela.

Não entendi se minha mãe realmente não tinha informações suficientes sobre a situação ou se apenas não queria me explicar, mas fiquei feliz por ter a casa vazia e deixei de fazer perguntas. Achei estranho, claro, porém nada que abalasse minha satisfação em ter a tevê da sala livre naquela noite.

É provável que ela não soubesse muito mais, se eu bem conhecia meu pai. Informações de qualquer tipo, para ele, eram quase sigilosas, não algo para distribuir feito chocolate na Páscoa. As peças do dominó ficavam sempre escondidas: "Se formos viajar no fim de semana, só diga que vai viajar, não precisa dizer pra onde, não interessa pros outros", "Se for pra falar bobagem, fique de boca fechada", "Você tem tudo, não precisa pedir nada pra ninguém".

Aprendi desde pequeno a não ficar surpreso com a falta de informação. Exemplo disso era a quase semanal "saída pai e filho" que fazíamos, quando ele simplesmente me dizia que iríamos a algum lugar, sem perguntar se eu queria ou podia; afinal, que compromisso uma criança poderia ter?

Às vezes essas aventuras eram pavorosas, como ir a uma loja de material de construção para comprar minidiscos de borracha em um domingo de manhã. Mas havia também as boas, entre elas passear pela 25 de Março no meio da multidão, com direito a parar nos cafés tradicionais para comer pão de queijo e tomar chá gelado.

Na prateleira das saídas boas, estava também assistir à Portuguesa no Canindé. Não me sentia forçado a ir; ao contrário, adorava o estádio, e os jogos da Lusa eram um espetáculo. Não só a partida em si me animava, como também tudo o que ela envolvia: os vendedores, a comida, os portugueses xingando o juiz.

Não tinha nada a ver com os jogos do Corinthians, mais cheios, grandiosos. O campo da Lusa era intimista, como uma partida do campeonato interclasses da escola, o público quase dentro do gramado. A sensação de pertencimento era maior. No Canindé, me via como parte do jogo, enquanto no estádio do Pacaembu eu era apenas mais um no meio da muvuca.

O que mais importava, no entanto, era o fato de eu sempre ir com meu pai, só nós dois. Sentia ter uma coisa nossa, que me remetia às histórias sobre ele e meu avô. E eu achava aquilo muito descolado, tanto que fazia questão de contar aos meus amigos do colégio sempre que ia ver algum jogo.

A mais memorável dessas ocasiões foi quando fomos assistir a uma partida da Portuguesa contra o Gama por uma rodada qualquer de um campeonato totalmente desimportante. Devia ser o Brasileiro, série B, algo do tipo. Meu pai chegou mais cedo do trabalho e, como sempre, apenas me informou que íamos sair. O programa da noite era ver a Lusa desfilar seu futebol meia-boca — a qualidade da partida também fazia parte da magia.

Normalmente íamos de metrô e andávamos até o estádio, passando por uma passarela sobre o Rio Tietê, uma pracinha abandonada, um *shopping center* e algumas churrascarias. De novo, tudo parte do encanto. Naquele dia, provavelmente porque o jogo acabaria tarde, meu pai abortou o plano rotineiro e decidiu ir de carro.

Saímos de casa um pouco atrasados e notamos uma leve garoa se espalhando pelo para-brisa do carro. Meu pai acionou o limpador após certa relutância em aceitar aquele cenário e nos entreolhamos, sabendo que o pensamento era mútuo: "Vai parar…". Não parou. A chuva só aumentava, e o trânsito também. O horário do jogo se aproximava e nós ali parados, dentro do carro, ouvindo o batuque das gotas de água no capô.

Chegamos em cima da hora. Meu pai embicou no estacionamento e um homem de boné vermelho nos disse que estava lotado com um gesto de polegar para baixo.

— Como lotado? É jogo da Lusa!

— Desculpe, senhor, metade do estacionamento tá uma lama só… Se colocar o carro ali, vai ter que rebocar.

Não falei nada. Nunca opinaria sobre o que meu pai deveria fazer. Ele tirou o carro e deu uma volta no quarteirão enquanto ouvíamos o burburinho vindo do campo. A bola já rolava. Não conseguíamos achar uma vaga, até que avistamos um rapaz enfileirando veículos na calçada, em frente ao muro do clube. Por mais arriscado que aquilo fosse, meu pai não teve dúvida: estacionou, deu um trocado para o flanelinha e voamos para o jogo.

A chuva não dava sinais de trégua e, no momento em que comprávamos ingressos na bilheteria, já estávamos ensopados. Subimos a escadaria do Canindé, passamos a catraca e entramos na arquibancada. Escalamos um pouco e ficamos em pé, atrás do gol do Gama, no momento em que a Portuguesa atacava.

A chuva aumentou ainda mais. Um rapaz nos avisou que o jogo estava um a zero para a Lusa, gol nos primeiros minutos. Meu pai tirou a camiseta, amarrou na cintura e disse para eu fazer o mesmo. Torci o pano rubro-verde e coloquei sobre a bermuda. Nós nos olhamos e ele sorriu, passando a mão no meu rosto. Senti as bolhas dentro dos tênis, o cabelo pingando. Imaginei minha mãe fula da vida e achei aquilo muito transgressor.

O-lê, Lu-sa! O-lê, Lu-sa!

Ouvia os gritos e passava a língua pelos lábios para sentir a chuva. Os jogadores escorregavam, a bola parava nas poças, e o árbitro não interrompia o jogo. A cortina de água despencava do céu e o vento a empurrava nos nossos olhos, até que ficou impossível ver alguma coisa. Eu não sabia mais onde estava sendo a jogada, mas pulava para todo lado sobre a arquibancada.

Fim do primeiro tempo, fim de jogo: um a zero, um gol que não vimos. Encharcados até a ponta dos pés, voltamos para o carro, sentamos em cima das nossas camisas e fomos para casa tomar um banho quente. Meu pai ria. Eu tinha certeza de que seria o centro das atenções no recreio do dia seguinte.

— Hoje foi louco! — exclamou ele, mostrando os dentes e me olhando com o cabelo escorrido na testa.

Essas foram suas únicas palavras durante todo o trajeto para casa. Dias depois, chegou uma multa pelo estacionamento irregular, mas imagino que ele tenha continuado achando aquela noite positiva, só não disse nada a respeito, como não me falou nada sobre o hospital quando ligou querendo conversar com minha mãe.

— Faz um arroz se quiser... E tem *pizza* congelada no *freezer* — avisou minha mãe, pegando a chave do carro em cima da mesa. — Deixa um pouco pra sua irmã também.

Fiz um sinal de joia, e a observei abrir a porta e sair do apartamento. Voltei para a sala, me joguei no sofá onde eu havia dormido por horas e comecei a assistir a um filme. Minha irmã chegou pouco tempo depois, viu comigo a metade final da história do jornalista que fica preso eternamente no mesmo dia, e dividimos a *pizza*. Era um ensaio de como seria a semana, porém ainda não sabíamos.

Desliguei a televisão e fui para o quarto. Dormiria tarde, não por preocupação, mas porque já havia passado a maior parte daquele dia de olhos fechados e meu corpo simplesmente não ia querer mais naquele momento. Abri a pasta de música no computador e coloquei o álbum *Magical Mystery Tour* para tocar.

Uma coisa que eu sabia sobre o passado do meu pai é que ele havia nascido no mesmo dia de George Harrison: 25 de fevereiro. Esse conhecimento não tinha nada a ver com nossa relação, e sim com o fato de eu ser um beatlemaníaco que, como qualquer outro, decorava inúmeras informações desnecessárias. Por acaso o aniversário do compositor de "Something" e "Here comes the sun" era o mesmo do meu pai, e essa coincidência banal era pateticamente especial para mim.

No entanto, eu sentia que não era só isso que os dois compartilhavam. Apesar de um ter nascido em Liverpool e ganhado fama mundial e o outro ser um vidraceiro de bairro em São Paulo, eles se pareciam. George Harrison era conhecido pela maioria do público como o Beatle quieto, introspectivo. Na verdade, depois de anos lendo suas biografias e vendo entrevistas, percebi que ele era um cara muito amável, carinhoso e companheiro.

Meu pai também. Não falava muito, embora me quisesse por perto, nem que fosse em uma loja de material de construção. Era cabeça-dura e não tinha muita paciência para deslizes, porém se mostrava solícito, preocupado e amoroso, mesmo que demonstrasse isso tentando manter minha camiseta seca no meio de um temporal. Como George, vivia pelo que considerava certo, mas não de maneira desgastante. Era o Beatle quieto em casa.

4

No dia seguinte, fui visitar meu pai no hospital depois da faculdade. Não sabia o que esperar; não havia criado mil cenários possíveis e impossíveis na cabeça, como sempre fazia. Alguns familiares conversavam em frente ao quarto. Enquanto fui me aproximando, todos se voltaram para mim e ficaram em silêncio. Cumprimentei e entrei. Meu pai estava sentado na cama, vestido de camisola azul-clara, jogando dominó no *tablet*.

Era uma visão estranha. Não tinha lembrança alguma de vê-lo debilitado. Verdade que sofria com dores de cabeça constantes, mas isso parecia incorporado nele, como seus cabelos acinzentados nas laterais. Tentou de tudo para combatê-las. Fez *yoga*, acupuntura, massagens. Foi a vários médicos, e nenhum conseguiu descobrir a razão. Hereditariedade, dor causada por estresse, por mudanças climáticas, pelo filho que não passava um bimestre sem recuperação de matemática, pela maldita Portuguesa que não ganhava um jogo... tudo foi considerado. Em certo momento, ele desistiu e passou a conviver com aquilo. Portanto, para mim, era algo comum, e não uma doença. Parecia quase um traço de personalidade ou de aparência: meu pai tinha olhos claros, pernas finas e dores de cabeça. No mais, era como se fosse inquebrável.

Ele tirou os olhos do seu dominó eletrônico e me encarou.

— Fala! — Abriu um sorriso amplo, animador.

— E aí? — eu disse.

— Belê. Foi boa a aula?

Fiz que sim com a cabeça, sem entusiasmo. Queria saber o que estava acontecendo, mas não tinha coragem de perguntar. Ficamos, então, naquele papo que não levava a lugar algum. Era óbvio que todos já sabiam, menos eu, e meu pai sorrindo, falastrão, era sinal de que o negócio podia ser grave.

Sentei no sofá ao lado da cama, e minhas duas tias, irmãs do meu pai, vieram se despedir. Haviam chegado mais cedo e precisavam ir embora, o que fez com que apenas minha mãe, minha irmã e eu sobrássemos por ali.

O quarto tinha a cama no centro, uma poltrona ao lado da porta de entrada e o sofá, onde eu estava, do outro lado, com uma grande janela logo atrás. Havia um criado-mudo encostado na cama, uma televisão na frente, fixada na parede, embaixo dela um pequeno armário e, bem próximo, o banheiro.

Ao perceber que não conseguiria informações tão cedo, sugeri uma ida ao café. Ficou decidido que minha irmã ficaria no quarto e que eu sairia com minha mãe. Ensaiei em silêncio pelos corredores como entrar no assunto, que perguntas fazer, que tom de voz usar.

— O que deu nos exames? — disse, colocando o prato de papel com três pães de queijo em cima da mesa.

— Parece que tem algum tipo de nódulo na cabeça, um carocinho — respondeu ela, calma como sempre.

— Isso quer dizer o quê?

— Não sei. Fizeram raios X, essas coisas, e descobriram um nódulo lá, que tem que ver o que é. O médico vai explicar melhor hoje à tarde.

Eu sabia, ou pelo menos tinha quase certeza de que sabia, o que aquilo queria dizer, mas parei de fazer perguntas. Comemos em silêncio e voltamos para o quarto em poucos minutos.

Um mês antes, meu pai havia perdido um pênalti na pelada que jogávamos. Bateu para fora. No carro, voltando, ele falou do lance.

— Foi como se a perna não obedecesse, sabe? Na hora que levantei pra chutar, parecia que tinha desaparecido.

Respondi de maneira trivial, me encolhi no banco do passageiro e aumentei o volume do rádio. Era raro ver meu pai perder um pênalti, e aquela história da perna me parecia ficção científica. Pensei no filme que havia visto milhares de vezes na infância: alienígenas que roubam o talento de jogadores de basquete, deixando-os inofensivos na quadra, como se não soubessem mais arremessar ou quicar a bola.

Olhei para ele.

— Pelo menos a gente ganhou — falei.

Quando cheguei ao quarto com minha mãe, além da minha irmã e do meu pai, vi o médico parado em frente à cama, segurando uma prancheta. Ele apertou minha mão fitando meus olhos, mas sem esboçar um sorriso. Vestia um jaleco branco por cima de uma camisa listrada, usava óculos de armação redonda e tinha um bigode que entortava para cima nas extremidades. Não devia ter mais de quarenta anos.

— Estou com câncer — anunciou meu pai, cortando o silêncio. — Um tumor do tamanho de um limão no meio do cérebro.

— Calma, também não é assim, não exagere — interveio o médico.

Meu pai riu.

— Não? — perguntou com inocência sarcástica.

— Se fosse assim, o senhor nem teria conseguido vir de metrô pra cá. Nós usamos o exemplo da fruta pra ficar mais visual pro paciente, mas não existe tumor assim, digamos, maciço, como uma bola de gude ou um limão.

Todos no quarto continuavam quietos, e meu pai não parecia nem um pouco preocupado ou confuso. O médico continuou:

— Uma fruta com um pedaço podre compromete tudo. Você tenta cortar o mais rente possível, pra retirar a parte ruim e poder comer a parte saudável, mas é quase impossível não cortar um pouquinho que seja de fruta boa, entende?

Meu pai fez que sim com a cabeça. Eu estava tentando ouvir o que era dito com clareza, então não havia parado para assimilar os fatos. A única maneira de tratar um assunto complicado é simplesmente falar. Era isso que estava sendo feito naquele instante.

— Nesse caso, o cérebro é a fruta e o tumor é a parte podre. É impossível retirar os danos sem abrir a fruta. Outra coisa: pra um tumor na área cerebral, a localização é de extrema importância. Se ele estiver, por assim dizer, na extremidade, o trabalho é mais fácil. Agora, no centro, como é seu caso, a cirurgia é muito mais delicada.

Ao terminar de falar, o doutor apertou os lábios como se lamentasse e voltou a baixar os olhos para a prancheta. Deu a notícia com pesar, do jeito que, imagino, foi ensinado a fazer. Ouvindo tudo, no entanto, eu preferia pensar em outra coisa e me agarrei à primeira imagem que consegui, o próprio médico.

De certo modo, devia ser uma situação boa para ele. É lógico que não achava que aquele homem torcia para sempre pegar pacientes com câncer, mas talvez fosse um grande desafio, algo empolgante. Todos os camisas dez querem jogar o clássico, não é? Eles até entram em campo para o campeonato estadual, mas é a Copa do Mundo que dá prestígio. Craque gosta de jogo grande; e médico, de doença complicada. Ninguém quer ser especialista em resfriado. Cirurgias para retirada de tumores no meio do cérebro é que fazem o nome.

Voltei os olhos para meu pai, ainda com expressão tranquila.

— Mais tarde eu volto pra explicar melhor algumas coisas, ok? — falou o médico, colocando a prancheta entre as coxas e abotoando o jaleco quase até o pescoço.

— Ok. E quando a gente opera? — perguntou meu pai.

— O quanto antes.

Ficamos sozinhos de novo. Minha mãe suspirou e disse palavras de incentivo, às quais meu pai respondeu igualmente confiante. Minha irmã permaneceu quieta e eu também.

5

A televisão na parede do quarto exibia a novela da noite sem som. Meu pai dormia na cama; e minha mãe, na poltrona. Fechei o livro que estava lendo e o coloquei dentro da mochila. Olhei pela persiana o movimento da rua e decidi caminhar pelo hospital.

Mesmo com as notícias das últimas horas, não conseguia ver aquilo como algo mais que momentâneo. Achava que, em breve, tudo voltaria ao normal. Ou me obrigava a pensar assim. Desejava, por mais impossível que pudesse parecer, que nada mudasse e fazia força para essa ideia me dominar. Eu não queria mudar e não queria ver meu pai mudando. Esperava que tirassem logo aquele limão do cérebro e voltássemos para casa.

Caminhei até os elevadores e desci no térreo. Uma senhora de cabelos brancos tocava piano de olhos fechados no *lobby*. Era uma música calma de um filme cujo nome eu não conseguia lembrar. Sentei no sofá em frente a ela. Tudo voltaria ao normal, pensei de novo. A pianista terminou de tocar a música e passou os dedos nos seus cabelos de algodão. "As time goes by", do clássico *Casablanca*, lembrei, que óbvio.

— Tudo bem?

Olhei para trás. Era minha mãe.

—Tudo — respondi.

Ela sentou comigo. Disse que minha tia estava no quarto e que aproveitaria para passar em casa e pegar algumas roupas. Seria sua terceira noite ali.

— Posso dormir hoje aqui, não tem problema — falei, mais como algo que devia ser dito.

— Não precisa. O sofá é bom. Mais pra frente a gente vê isso. Parece que vai demorar um pouco, o plano precisa liberar.

— E como faz pra liberar? Precisa de quê? — perguntei.

— A gente tá vendo isso. Alguns instrumentos da cirurgia não são cobertos, essas coisas.

— Mas é meio urgente, né?

— Sim, tem que agilizar isso.

Outra música já preenchia o ambiente, mas eu não tinha ideia de qual era.

— Ele tá bem, né? — eu disse, um misto de pergunta e constatação.

— Ah, tá. — Minha mãe acariciou meu joelho. — Acho que ele já sabia, de algum jeito.

— Como assim? — Eu também achava que ele sabia, por causa do pênalti, da perna desobediente.

— Na semana passada, ele levantou da cama e não conseguia colocar o chinelo. Não conseguia. Tentava colocar os dedos e errava. Aí ele disse que estava com uma doença neurológica. Eu disse pra ele não falar um negócio daqueles e a gente não tocou mais no assunto.

A senhora do piano apertou com delicadeza as últimas teclas e palmas tímidas surgiram após breve silêncio.

Em volta, alguns idosos em cadeiras de rodas com seus cuidadores, visitantes com identificação adesiva colada no peito e pessoas esperando os elevadores.

Em três dias eu faria aniversário: vinte e um anos. Queria controlar o tempo, voltar nele. Para quando nada disso importava, para quando eu não precisava ter pressa para descobrir o que fazer da vida, para quando meu pai não tinha câncer, para meu aniversário de dez anos antes, quando ele me fez de presente, com as sobras de madeira da vidraçaria, um campo de futebol de pregos.

No dia seguinte, fiz o que vinha fazendo durante a semana: faculdade e depois hospital. Era uma caminhada de uns seis ou sete quarteirões. Assistia às aulas, almoçava e passava o resto do dia com meu pai, até voltar para casa à noite e repetir o roteiro quando acordasse. Não conversava com ninguém sobre o assunto, apenas fazia as coisas automaticamente. Guardava tudo para mim, como havia aprendido com meu pai.

Cruzei a porta de vidro na entrada e passei pela recepção. Caminhei pelo *lobby* do piano até chegar aos elevadores. Logo ao sair no andar, havia uma espécie de aquário gigante, onde ficavam os enfermeiros de plantão. À esquerda e à direita dele, havia corredores dando para os quartos e, ao fim deles, um espaço de descanso repleto de vasos de plantas e sofás. O quarto do meu pai era o último, bem ao lado desse espaço. Avisei da minha chegada e fui para lá, tentando me afastar do papo repetitivo sobre a doença que aparecia sempre que algum parente ou amigo vinha fazer uma visita pela primeira vez.

Sentei e fiquei observando o movimento. Chequei redes sociais por alguns minutos e resolvi me dedicar ao trabalho de conclusão do curso, que eu deveria entregar em três meses e mal tinha começado. Havia a opção de fazer o TCC em grupo, mas eu tinha escolhido ficar sozinho. Queria escrever um roteiro de uma série de televisão, só que não conseguia achar a história, e ia me desanimando com a possibilidade de entregar um trabalho mediano, que simplesmente me daria o diploma.

Puxei o caderno da mochila e iniciei um diálogo. Rasurava cada fala e começava de novo. Arrancava a folha, amassava, voltava ao zero. Os dias no hospital não eram produtivos; as poucas frases acabavam no lixo ou, pior, dentro do texto de maneira totalmente equivocada.

Vi o médico com seu bigode aspirante a Salvador Dalí andar até o quarto. Fechei o caderno, guardei na mochila e fui atrás dele.

— Como estamos hoje? — perguntou, mais animado do que na última vez.

Era um sujeito com voz tranquila e feição amigável. Eu gostava dele, o achava simpático, atencioso. Não tinha o olhar superior de alguns médicos. Parecia uma boa pessoa, na medida do possível, para quebrar o crânio do meu pai e escarafunchar lá dentro.

— Precisamos conversar sobre algumas coisas — voltou a falar.

Meu pai se endireitou na cama. Aquela era uma frase cruel, estava evidente que não vinha boa notícia pela frente. Se seu superior no trabalho falasse aquilo, não seria um bom sinal, imagine seu médico.

— Minha equipe já está avisada, estamos todos preparados. Agora é só esperar a liberação e fazer uma cirurgia tranquila. Essa coisa é normal, por mim fazíamos agora, mas temos que esperar. Sei que é aflitivo, a gente fica inquieto, mas logo, logo tudo se ajeita.

Voltei os olhos para meu pai, que fez que sim com a cabeça. Os dois engataram uma conversa fiada sobre o tempo. Era lógico que o doutor não estava ali para debater sobre aquele "calorão que veio de repente", mas eu não podia interrompê-los e falar para agilizarem o negócio.

Após alguns segundos de papo agoniante, o médico retomou o assunto principal.

— Vou tentar explicar com calma. Se vocês tiverem alguma dúvida, podem me interromper e perguntar, ok? Seu tumor é um tumor maligno de grau quatro.

— Quantos graus existem? — perguntei.

— Quatro — respondeu ele.

— Quatro é o melhor ou o pior?

— Os tumores de grau um e dois são considerados benignos, só pedem cirurgia. Os de grau três e quatro pedem, além da cirurgia pra retirada, tratamentos de químio e radioterapia.

Eu me encolhi no lugar e decidi não participar mais da conversa. Meu pai perguntou sobre as possíveis sequelas da cirurgia.

— É impossível saber agora. Há casos muito diferentes entre os pacientes. Pro senhor, é certo que teremos um comprometimento da perna direita de início. Isso pode se agravar no futuro, pode haver danos

nos membros superiores e também na fala. Mas é algo que uma cirurgia dessa natureza, em uma área tão delicada, traz. É possível também que os danos fiquem apenas na perna, não podemos ter certeza.

    Naquela hora, mais uma vez, quis voltar no tempo, só que não consegui. Fiz aniversário três dias depois. Meu pai me disse para sair, me divertir com os amigos, mas assisti a um filme e comi *pizza* com minha irmã em casa de novo.

6

Estávamos havia cinco dias esperando o plano de saúde liberar a cirurgia do meu pai. Todos os médicos de plantão e enfermeiros que vinham ao quarto faziam questão de dizer que não podia demorar, mas sempre como se estivessem falando algo corriqueiro, quase no estilo previsão do tempo na televisão: no Nordeste, pancadas de chuva esparsas, e, quanto ao seu pai, se o plano de saúde não agilizar, pode ir preparando a papelada do cemitério.

Ele parecia bem, no entanto. Era difícil acreditar que estávamos correndo contra o tempo quando, na verdade, meu pai tinha a mesma aparência, o mesmo jeito de falar, de pensar. Mudei um pouco de opinião no dia em que ele levantou para ir ao banheiro e seu corpo tombou, sem sustentação nas pernas. Só não caiu porque conseguiu se segurar no armário. Ficou meio de lado, parecendo um bêbado escorado no poste. Minha irmã e eu o ajudamos a se endireitar e ele caminhou normalmente em seguida, mas era um claro sinal de que a doença avançava. Mais tarde, folheando os papéis que o médico havia deixado conosco, achei seu cartão de trabalho.

— Ó o cartão do Bigode — disse, mostrando para meu pai.

— Vamos puxar a capivara dele, então — respondeu.

Minha irmã e minha mãe começaram a procurar nos seus celulares; meu pai, no *tablet*. Uma pesquisa rápida na internet confirmou a pouca idade e a grande experiência: estudo na Alemanha, coautoria de um novo método de cirurgia intracraniana, um dos principais especialistas nesse tipo de operação no mundo; tirava tumores como quem masca chicletes.

Meu pai se animou. Continuou sua investigação e foi levado até dezenas de vídeos que mostravam em detalhes as cirurgias. Eu, na sua frente, não conseguia ver a imagem, mas ouvia o som, algo similar a uma oficina mecânica. Era como se alguém estivesse utilizando martelos e serrotes em uma superfície dura como pedra.

— Ai, pai, tira disso — interveio minha irmã, com o cenho franzido.
— Isso é a coisa mais normal — disse ele. — Preciso ver pra entender.

Sua feição demonstrava a satisfação em saber que seria operado por um bom médico. Diferentemente de mim, parecia até querer estar ali. Perguntava detalhes, buscava se aprofundar no assunto. Eu conhecia esse tipo de atitude, volta e meia ele se ligava em uma nova mania, tirada do acaso. Coisas como quebra-cabeças, chás milagrosos da África e utensílios de cozinha pouco usuais já estiveram na sua lista de adorações momentâneas. Agora, tumores no cérebro tinham se tornado seu interesse número um.

Minha mãe e minhas tias passaram uma semana atrás do plano de saúde, atordoadas, o celular sempre no ouvido ou nas mãos, um constante ar de urgência. Eu ficava de fora das conversas e pouco acompanhava o que estava acontecendo, tanto que fui um dos últimos a saber sobre a liberação para a cirurgia.

Seria no dia seguinte e o quarto já estava começando a receber mais gente. Guardei minha mochila embaixo da poltrona, abrindo espaço para as pessoas sentarem. Meu pai conversava com um amigo do futebol quando o médico apareceu, seguido pelo anestesista. O mesmo rosto que havíamos visto em diversas fotos na pesquisa de momentos antes.

Ele nos informou o possível horário e explicou um pouco sobre o pré-operatório. Depois, apresentou o anestesista responsável pelo sedativo, que também nos deu uma pequena aula sobre como tudo funcionava, o cálculo do sedativo com base no peso, na altura e na idade, o monitoramento incessante.

— Amanhã, depois que eu injetar a medicação, se o senhor conseguir ficar acordado por dez segundos, eu lhe dou um milhão de reais — falou ele.

— Dormir rápido tudo bem. O que interessa é não acordar no meio — respondeu meu pai.

— Bom, tem tudo pra ser um sucesso — garantiu o médico. — Até amanhã e boa sorte.

— Você é que vai precisar mais dessa sorte. Segundo o meu amigo aqui, eu vou tá, ó... — Meu pai juntou as mãos, as colocou ao lado do rosto e fechou os olhos, sorrindo.

Esperar o resultado de uma cirurgia para a retirada de um tumor do cérebro do seu pai é bastante anormal, mas isso não muda o entorno. Os elementos são bem conhecidos: cadeiras que após quinze minutos se tornam a coisa mais desconfortável do planeta, revistas de anos anteriores, galão de água no canto, televisão sem som, com aquela legenda que vai aparecendo em pequenos blocos.

Olhava para o rosto de desconhecidos, tentando ver se alguém estava chorando, de alegria, tristeza, tanto fazia. Ficava curioso. Procurava a todo momento pescar as conversas vizinhas, ouvir o que falavam, quem estavam esperando, se era grave ou coisa à toa.

Na maior parte do tempo, porém, eu criava na cabeça possibilidades para o que aconteceria em algumas horas. Imaginei mais de uma vez o médico entrando temeroso na sala, avisando que a cirurgia tinha sido um fracasso total. Por outro lado, também fantasiei com ele dando a notícia de que um milagre da ciência havia acabado de acontecer. Meu pai possuía um cérebro incrivelmente potente que expulsou o tumor sem necessidade de cirurgia. Pesquisadores de todas as partes do mundo vinham para analisá-lo. Ele era a peça-chave na cura do câncer e, de quebra, daria entrevista em um *talk show* americano.

Minha tia era uma máquina de roer unhas ao meu lado e, a cada meia hora, me perguntava:

— Quer alguma coisa da lanchonete?

Eu dizia que não, mas ela sempre voltava com algo para mim. Na última vez, trouxe um chocolate. Abri a barra, mordi, embrulhei o restante e levantei para olhar as revistas. Escolhi uma de viagens, com uma família sorridente na capa: pai, mãe, menino e menina, vestidos com casacos enormes, segurando esquis para neve como se fossem peixes recém-pescados.

Pensei que é difícil entender uma mudança enquanto ela ainda não aconteceu. Deve ser mais ou menos como ir a um lugar muito frio. Por mais que nos avisem que é preciso levar casaco, que as temperaturas são abaixo de zero, só chegando lá nos damos conta do quadro verdadeiro. É impossível explicar o que é o Alasca a alguém que mora no Brasil. Minha vida ia mudar e eu sabia, mas não tinha certeza se do jeito certo.

Fechei a revista. Só pacotes caríssimos para lugares lotados de turistas ou hotéis de mil estrelas frequentados por celebridades hollywoodianas. Sussurros, aqui e ali, cortavam a falta de som, assim como o caminhar hesitante de alguém até o galão de água. Cada jaleco branco que aparecia atraía os olhares de todos. Os que pareciam dormir logo se aprumavam nos assentos e viravam o pescoço em direção ao doutor ou à doutora.

Vi famílias chegando e indo embora. Uma cirurgia na cabeça demora horas. No início da noite, o conjunto de óculos e bigode do médico apareceu, vindo na nossa direção. Minha mãe levantou. Ele estava com o rosto molhado de suor e sorria. A cirurgia havia sido um sucesso, com o tumor quase cem por cento removido.

— Ficaram umas casquinhas coladas, um restinho. Isso é totalmente normal, sai nos tratamentos radio e quimioterápicos.

Creio que foi a explicação mais popular que ele conseguiu oferecer. Casquinhas. Pensei nas casquinhas de pipoca grudadas nos dentes.

— Não poderíamos ter tido um resultado melhor — afirmou, com um sorriso aberto.

7

Levantei o lençol e olhei para a perna direita do meu pai.

— Tá aí ainda? — disse ele.

Eu me senti estúpido por ter feito aquilo e logo o cobri novamente. Era a mesma perna fina, com marcas de idade.

— Consegue mexer? — perguntei.

Ele fez que não com a cabeça, sacudindo o que restava lá dentro. Fiquei quieto e coloquei a palma da mão sobre o pano branco, em cima da sua canela. A perna do meu pai era para mim algo quase lendário. Mesmo que as histórias dos seus amigos sobre os grandes jogos na várzea ou nas quadras da Portuguesa tivessem sido contadas para outra pessoa, um garoto que eu havia deixado de ser, ainda conseguia me lembrar da maioria delas.

No fundo, apesar de entender que muitos dos causos antigos são aumentados, principalmente os futebolísticos, eu mantinha aquela velha sensação de que a perna dele era capaz de milagres, de façanhas incríveis. Pensar isso me satisfazia. Sabia sobre os dribles, os passes, os gols no último minuto. E tudo contado para mim por outros, nunca por ele, mais uma razão para acreditar.

A anestesia ainda fazia efeito, e ele passeava entre momentos de lucidez e de sono. Olhei para seu joelho pontudo. Eu me lembrei de quando cheguei em casa da escola, aos doze anos, e ele estava sentado no sofá, com um curativo bem ali. Ergueu um pequeno pote na altura do meu rosto e vi floquinhos mínimos de algodão flutuando na água.

— Tirei os meniscos — falou.

Explicou que ficavam dentro do joelho e sacudiu o recipiente. Os pontinhos voltaram a flutuar, como se estivessem dentro de um globo de neve natalino. Ele sorriu, colocando o pote no criado-mudo. Dias depois, já andava normalmente.

Eu queria achar que aquele era o começo do fim. De um lado, me apoiava no sucesso da cirurgia e na aparente tranquilidade dos meus pais. De outro, não conseguia deixar de lado as casquinhas do tumor, a rádio e quimioterapia, as possíveis sequelas. Vivia nesse passeio entre pensamentos otimistas e dúvidas.

Depois que meu pai acordou, o vaivém na minha cabeça se foi. Ele parecia muito bem e, por mais diferente que pudesse ser, aquilo me tranquilizava. Estavam todos os parentes espalhados pelo quarto, virados de frente para o mesmo lugar, a atração principal. Senhoras e senhores, meu pai sobreviveu. E não parava de falar um segundo.

— Tô tranquilo. É difícil, tem gente que não aguenta. O médico disse que tem muito cara que não para de chorar, diz que não vai conseguir. Normal. Isso ainda não aconteceu comigo, mas, se tiver que acontecer, tudo bem também.

Ele contava da cirurgia, explicava o que havia pesquisado sobre a doença. Eu me sentia confiante com sua postura. Afinal, se ele, que era o maior afetado, estava confortável, por que me preocuparia? Além disso, por mais egoísta que pudesse ser, não queria me envolver. O jeito independente dele, de sempre fazer tudo sozinho, da própria maneira, não havia me preparado para um momento em que eu precisasse estar ao seu lado, apoiando ou ajudando.

Todos que apareciam eram recebidos com uma piada, um comentário espirituoso, sorrisos. A gaze cheia de esparadrapos no topo da cabeça, protegendo o corte, era um bom quebra-gelo. Falava-se da semelhança com um quipá quando algum judeu vinha, comentava-se o buraco sem cabelos que agora era inevitável com a turma dos cinquentões. O clima era descontraído, leve, como se tivéssemos acabado de receber uma ótima notícia. Eu estava inquieto.

A alegria me irritava, apesar de eu não querer me meter. Mesmo com a pouca vontade de engatar uma conversa íntima, perguntar como ele ou minha mãe se sentiam, achava que não poderíamos estar naquela animação aparente. Era muita imbecilidade não ficarmos de luto ou ao menos reflexivos. Ninguém entendia o que estava acontecendo, pensava. No entanto, era eu que não enxergava. No meio daquilo tudo, não percebia a coisa mais evidente: o escudo que meu pai carregava, a armadura fraca que vestia para tentar não ser atingido e, ao mesmo tempo, revelado.

Meu pai já estava completamente acordado havia duas horas quando a enfermeira do andar apareceu. Com a repentina tagarelice, esquecemos que seria prudente chamar alguém para checá-lo, e só nos lembramos da possibilidade quando ele declarou solenemente que gostaria de se aliviar. A moça de rosto rosado mediu sua pressão e disse que voltaria logo. Trouxe consigo uma jarra plástica e explicou que ele faria suas necessidades ali até a noite, quando levantaria com a ajuda do enfermeiro.

— Não que eu não seja forte, viu? Carrego cada homenzarrão por aí! — E riu. — Use o papagaio por enquanto, é melhor...

Meu pai olhou para a garrafa com dúvida. Devia estar pensando o mesmo que eu. O nome do recipiente não fazia sentido. Nada nele lembrava uma ave. Talvez o braço para segurar pudesse ser um bico, mas isso seria forçar um pouco a barra.

— Podem sair também — disse ele depois de a enfermeira ir embora. — Sem plateia, né?

Quando voltei ao quarto, tive que despejar o líquido amarelo na privada. Olhei o xixi rodopiando com a descarga, formando bolhas, até ser sugado e sumir. Era tudo novo, até isso. Saí do banheiro, sentei no sofá e ficamos vendo televisão.

No fim da tarde, um enfermeiro jovem e entusiasmado, com pique de monitor de acampamento, chegou. Comunicou que era hora do banho, causando um breve momento de silêncio, seguido por aceitação. Continuei sentado, observando o rapaz vestir luvas e abrir espaço entre a cama e o banheiro. Eu estava curioso para ver como a perna reagiria. Meu pai, que não havia deixado a cama depois de voltar da cirurgia, devia estar muito mais.

O enfermeiro colocou uma cadeira sanitária de acrílico com rodas bem ao seu lado. Segurou-o pelos sovacos e o ajudou a se virar na cama. Então, trouxe as pernas para fora e, com rápido puxão, sentou meu pai na cadeira. Olhei para baixo, na direção do seu quadril.

Ele segurava a coxa direita com as duas mãos, tentando ajeitar o pé da maneira correta no apoio. A perna não tinha vida, era como a manga de um casaco pendurado no cabide, um boneco murcho de posto de gasolina. O pé tocou o solo lateralmente e o joelho apontou para o lado, estrábico. O enfermeiro o ajudou a se colocar reto e os dois seguiram para o banheiro. Ouvi o barulho das torneiras girando, da água molhando os azulejos do boxe e dormi.

Acordei quando os dois voltaram. O cheiro de sabonete dominava o quarto. Meu pai vestia outra camisola, agora verde. Estava de barba feita, os cabelos restantes molhados, e sem o curativo em forma de quipá na cabeça. Levantei do sofá e fui olhar.

Um rasgo do tamanho de um dedo médio, vermelho-escuro, atravessava seu cocuruto; no meio, uma linha preta.

— Aii! — disse minha irmã quando viu, sacudindo as mãos.

Ele riu. O enfermeiro sentou na beira da cama, puxou o carrinho de medicamentos e começou a fazer uma nova bandagem. Limpou a área, colocou gazes em cima do corte e prendeu com esparadrapo. Então, saiu com o resto dos apetrechos e voltou acompanhado, anunciando a hora da fisioterapia.

Era uma mulher de cabelos bem presos em um rabo de cavalo,

como se o quisesse asfixiar ou coisa assim. Carregava uma almofada triangular e logo foi posicionando-a nas costas do meu pai, que disse "oi". Ela gargalhou e comentou que ele era muito engraçado. Percebi que seu jeito de falar era ligeiramente irritante e achei que meu pai pensaria o mesmo.

Não que ela fosse uma pessoa ruim, não sabia, mas seu trabalho era fazer meu pai tentar mover uma perna sem vida. Por mais que ele quisesse movê-la, repetir um movimento por doze vezes, e mais dez, e mais oito, e descansa, e doze, e dez, não era uma coisa de deixar o sujeito exatamente amistoso.

— Prestem atenção aí — dizia ele enquanto tentava mover um mísero milímetro do dedo do pé.

Eu observava sabendo que teria que tomar o lugar da fisioterapeuta quando ela não estivesse por lá.

— Isso aqui você faz pra ativar o pé.

A mulher esfregava a sola como se fosse uma massa de pão em cima da mesa. Enfiava a mão entre os dedos e ia puxando um por um. Depois, seguia para a panturrilha e para a coxa, tal qual uma massagista de time de futebol, chacoalhando, dando soquinhos, estapeando.

O ritual começava com um exercício em que o joelho era içado até o peito, com meu pai sentado. O ritmo era aquele "doze, descansa, dez, descansa, oito...". Ela fazia do pé um ponteiro de relógio, girando nos sentidos horário e anti-horário. A perna ia para lá e para cá, em vários movimentos.

A sessão terminou quarenta e cinco minutos depois, e meu pai quis saber quando era a próxima. Entendi que para ele, naquele instante, não importava o resultado do jogo, mas o jogo em si.

8

Olhava para aquele casulo havia três horas. Era marrom e tinha pequenas manchas. O caule que o ligava ao galho parecia frágil, pronto para ceder ao peso, e por isso eu não tirava os olhos dali. Tinha certeza de que quebraria, que a pequena casa cairia no chão e esmagaria quem estivesse lá dentro.

Meu caderno e folhas amassadas continuavam espalhados ao meu redor, no sofá da sala de descanso, mas eu já não escrevia nada. Meu TCC não ia para a frente, não havia roteiro, tampouco personagens. As enfermeiras passavam acenando, sorrindo; deviam pensar que eu trabalhava duro, tinha um processo criativo intenso, era um rapaz talentoso. Ou talvez fosse eu que pensasse isso e elas só fizessem seu papel cordial.

Ao lado do sofá, havia um grande vaso, e de um dos galhos da planta pendia um casulo. Queria ver a borboleta destruir aquela casca, espreguiçar com asas novas e voar para longe. Mais que isso, queria, depois de tudo, olhar para aquele alvéolo aberto, deixado para trás, como um passado besta.

O casulo balançava, alguém queria sair, mas não saía. Eu continuava observando. Não fazia o que devia fazer, não escrevia, não lia. Só pensava no bicho dentro daquela casca. De certo modo, estava protegido, seguro. Por mais que fosse exposto a alguns perigos, ali era um espaço conhecido, e não um lugar de incertezas, como o ar livre. Mesmo assim, ele precisava sair. Sua casa era fora, no desconhecido.

Soquei os papéis e o caderno na mochila. Deitei no sofá com os pés quase encostando no casulo, indiferente ao pouco movimento do andar, e coloquei meus fones de ouvido. Ouvi Gilberto Gil durante toda a tarde e a borboleta não saiu do casulo.

Quando começou a escurecer, voltei ao quarto do meu pai. Os dias após a cirurgia eram praticamente iguais. Eu ia para o hospital depois da faculdade e passava o tempo observando sua sessão de fisioterapia, ele tentando se mexer apoiado em um andador e tomando quilos de comprimidos coloridos. Perambulava pelos andares também, fingindo que fazia meus trabalhos. Perto das sete da noite, minha mãe e minha irmã chegavam e eu podia ir para casa se quisesse.

Conversava normalmente com meu pai, sobre como havia sido o dia, que jogo ia passar na televisão, se o metrô estava cheio, qual era o nome daquele enfermeiro simpático que vinha na hora do almoço. Naquele fim de tarde, porém, talvez por estar filosofando sobre um casulo ou ouvindo as músicas do Gil, quis falar sobre a doença.

— Acha que já mudou alguma coisa?
— Hum, acho que não — respondeu ele.
— Demora, né?
— É. A físio é boa, parece que acorda o corpo.
— Sabe quanto demora? — perguntei.
— Não, não. Vai fazendo, pra sempre.

Meu pai olhava a tevê. Eu fingia que também acompanhava, só para não ter que ficar apenas interagindo com ele.

— É bastante remédio, né?

Ele não respondeu. Às vezes fazia isso, não sei se por considerar a pergunta óbvia, por preguiça ou por não ter escutado.

— Você pode comprar uma bengala depois. Daqui a uns meses. Manja aquelas com um lobo na ponta? Ou um dragão?
— Vou comprar, sim — disse ele, esboçando um sorriso.

Meu pai não ligava muito para o que minha irmã e eu falávamos, preferia fazer as coisas do seu jeito.

— Tá doendo aí? — perguntei, apontando para o esparadrapo.
— Não... Cabeça oca. — Fechou a mão e deu duas batidinhas na testa.
— Lembra quando eu tomei ponto na cabeça? — continuei.
— Lembro.
— Você me buscou na escola.

Ele confirmou e eu não soube mais o que falar. Era uma história banal. Ainda estava na pré-escola, caí, ele me levou ao hospital e tomei cinco ou seis pontos. No carro, perguntei se ia doer. Ele apenas me olhou e disse "sim". Doeu mesmo.

— Tá cansado? — insisti.
— Um pouco.

Bateram na porta. Chegava mais um carregamento de remédios. Pílulas sortidas, separadas em copinhos de plástico, iam sendo engolidas com água, mais de dez, de diferentes tamanhos. Minha mãe e minha irmã chegaram no meio do ritual. Acenei do sofá. Meu pai cumprimentou com as sobrancelhas.

Minha irmã deixou suas coisas em um canto e me chamou para irmos à lanchonete.

— E aí, como estão as coisas? — perguntou no corredor.
— Bem.
— Bem — imitou ela. — Fala! Que mais?
— Sei lá, ué... Bem, normal.
— Nossa, você não fala. Bem, bem...

Fiquei quieto.

— Quero um doce. Será que tem alguma coisa boa aí? Torta de morango... — Ela apertou o botão do elevador. — O que você vai querer?
— Nada — disse sem ânimo.
— Mas torta de morango não tem chocolate. Queria chocolate, alguma coisa bem doce, cremosa, tipo uma bomba. Ou carolina com doce de leite. Ai, tomara que tenha carolina.

Chegamos e sentei enquanto ela ia ao balcão. Voltou com um pedaço de torta holandesa e um chá gelado.

— Toma. — Colocou a lata na minha frente.

Hesitei por dois segundos, abri, enfiei um canudo e dei um gole no chá. A lanchonete ficava mais cheia à noite. Alguns rostos já eram conhecidos. Eu sentia uma estranha cumplicidade neles e odiava aquilo. Não queria fazer amigos no hospital, não queria me sentir em casa nem mesmo confortável.

— A gente alugou uma cadeira de rodas.

Voltei a olhar para minha irmã.

— Por um mês. A gente também pegou uma muleta e arrumou o banheiro — continuou ela.

— Legal.

Não era legal. O que mais eu poderia dizer?

— Amanhã ele sai. Tem que arrumar a casa, tirar os móveis, os tapetes, pra ele não escorregar.

— Tá bom.

— Faz isso depois da sua aula. Volta pra casa e a gente vem pra cá, liberar os papéis, essas coisas.

Fiz que sim com a cabeça. Suguei a última gota de chá fazendo barulho com o canudo dentro da lata.

— Quer? — Minha irmã tinha metade da torta no prato.

— Pode ser. Tudo?

— Hum... É, vai, pega aí.

Comecei a comer.

— Lembra aquele palhaço que dava bala e pirulito no *shopping*? — perguntou ela, como se já estivesse pensando nisso antes.

— Oi?

— Faz um tempo. No estacionamento do *shopping* ficava um palhaço dando doce pras crianças.

— Acho que não é da minha época.

— É, sim, eu lembro de você lá.

— Palhaço?

— É, ficava esperando a gente sair do *shopping*.

Dei de ombros.

— Uma vez ele me deu algodão-doce e o pai me fez devolver — falou minha irmã.

Ri, mostrando um pouco a torta que estava na minha boca.

— Eu tinha tipo seis anos! Ele me deu e eu saí toda feliz pra mostrar. Aí o pai disse: "Devolve pro moço, que não é seu". E ele ainda foi dar bronca no palhaço.

— Acho que eu não tava com vocês, mas faz sentido ele fazer isso.

— Ele fez!

— Se você tinha seis anos, então eu era muito novo, não tem como lembrar.

— É, mas você tava, sim.

Terminei a torta. Uma mulher que usava conjunto de moletom rosa todos os dias sentou na mesa ao lado. Ela sempre tomava sopa. Levantou a mão, a garçonete chegou, e ela pediu sopa.

— Lembra quando eu tinha que tomar ponto na testa? — perguntou minha irmã.

— Quê? Eu que tomei. Na cabeça — respondi.

— Não. O pai me deixou em casa com um pano e foi pro futebol. Eu precisava tomar, mas não tomei.

— Não sei disso.

— Como assim, você não sabe?! — Ela puxou o cabelo e mostrou a marca na testa. — Olha aqui. Precisava tomar ponto, mas ele tinha futebol e me deixou em casa, segurando um pano de prato na testa — contou, rindo.

— Nossa! Eu não sabia. Ou pode ser que eu não lembre.

— É. Ele não ia perder o futebol — continuou ela, ainda achando graça. — Me deixou lá. Disse: "Segura firme aí, que sua mãe já vem". Obviamente ela ficou uma fera com ele quando chegou, né?

Meu pai realmente não se importava com muitas coisas. Eu quis continuar.

— Na quarta série, começou aquele negócio de *minigame*, lembra? —

falei. — Todo mundo tinha um bem pequeno e ficava jogando na escola. Eu pedi um e ele me deu aquele tijolão com o jogo da cobrinha.

Minha irmã tremeu os ombros, segurando-se para não fazer barulho com sua risada.

— Pior é que aquele negócio era da hora, tinha uns cem jogos, acho.

— Eu pedi um *walkman* uma vez. Ele me deu um radinho desse tamanho. — Ela abriu o indicador e o polegar. — Pegava só uma rádio boa, meio chiada.

A mulher da sopa nos olhou. Estávamos falando alto e gargalhando no hospital. Contamos mais duas ou três histórias até que não nos lembramos de mais nada e decidimos voltar ao quarto.

Enrolei todos os tapetes do apartamento e os coloquei em um canto, perto de uma porta que nunca era usada. Afastei alguns móveis para aumentar o espaço e viabilizar a passagem de um andador. Caminhei pela sala com as pernas abertas, checando se meu trabalho estava bom o suficiente. No fim das contas, parecia uma mudança, com todas aquelas tralhas encostadas e o piso com vários lugares com marcas mais claras que o normal.

Meu pai voltaria em poucas horas. Não haveria mais enfermeiros para tirá-lo da cama e ajudá-lo no banho, botão para apertar quando não soubéssemos o que fazer ou alguém preocupado exclusivamente em lhe dar remédios, com todos os horários marcados em uma planilha.

Olhei para a passagem entre a cozinha e a sala. O chão tinha uma elevação de uns dois centímetros. Fui até lá e pisei. Poderia ser um problema. Eu o via com o andador no hospital, o pé quase se arrastava no chão. Ele precisava se apoiar e erguer a perna direita com a força do quadril, o que nem sempre era possível. A outra perna também era importante. Se ele conseguisse se mover, o pé balançava para a frente e ele tentava fixá-lo reto no chão, como aqueles jogos em que é preciso mexer um labirinto inteiro para a bolinha cair no buraco.

Fui ao quarto e peguei a cadeira de rodas alugada. Abri e sentei. Apoiei os pés e me concentrei em fazer o teste fielmente, sem mexer a perna, nem que ficasse encurralado. Segurei nas rodas e dei o primeiro impulso, fraco. Fui indo devagar até a porta e percebi que ela parecia menor quanto mais me aproximava. Passei com a cadeira muito rente às laterais e ganhei o corredor, já sem tapetes, uma pista de corrida.

Dei mais um impulso, dessa vez forte, acelerando a cadeira, e cheguei à sala. Meus braços começavam a doer, mas me forcei a continuar. Desisti alguns minutos depois, quando fiz duas ou três curvas e decidi que não havia necessidade de fazer aquilo; se meu pai quisesse, eu empurrava aquele troço e pronto.

Fui ao banheiro e vi um cano de ferro instalado na parede do boxe, como nos sanitários para pessoas com deficiência em *shoppings*. Uma cadeira de plástico, daquelas usadas em botecos e piscinas, estava lá no meio, perto de um tapete transparente com ventosas que o grudavam no chão.

9

A tevê ligada e meu pai no sofá, no mesmo lugar onde sempre esteve, me pareceu o restabelecimento da ordem das coisas por alguns minutos. Era tudo diferente, claro, mas ainda assim uma versão bem parecida. Eu precisava colocar umas meias compridas nele, para que não houvesse risco de trombose, mas e daí? Estávamos em casa, não havia mais tumor. Meiões agarrados à pele, remédios, andadores, equipamentos de fisioterapia, era tudo parte de uma experiência que teria fim.

Mesmo que não acabasse, seria algo com que poderíamos nos adaptar, como se meu pai acordasse um dia e resolvesse pintar os cabelos de verde. Acharíamos um pouco estranho, mas depois, com o tempo, aprenderíamos a viver com aquilo e nem prestaríamos mais atenção à floresta capilar.

Então ele girou o corpo no sofá, colocou as pernas para fora e se ergueu apoiado no andador. Eu estava sentado na poltrona ao lado, mas não saí do lugar.

— Aonde você vai?
— No banheiro.
— Quer ajuda?

Talvez aquilo não fosse exatamente a mesma coisa que se acostumar com um novo visual.

— Só abre a porta pra mim.

Continuei na poltrona, esperando que ele chegasse mais perto. Fez o movimento que tinha aprendido e conseguiu dar o primeiro passo, quase perfeito. Levantei. Fui até a porta do banheiro, sem deixar de olhar para trás. Ele continuava, mas o andar era cada vez mais imperfeito.

— Descansa um pouco — eu disse, chegando mais perto dele.

Antes de terminar a frase, já o vi esticando os braços e fazendo força para cima. A perna direita se moveu como um pêndulo e o pé pousou no chão de lado. Ele deu pulinhos com a outra perna para não descarregar o peso do corpo sobre o pé torto, e eu agachei rápido para corrigir a passada.

Continuei abaixado, praticamente engatinhando junto dele e ajudando com as mãos toda vez que os passos eram em falso. O cansaço vinha rapidamente e o caminhar ia ficando cada vez mais afobado e atrapalhado. Chegamos à frente da privada, afastei o andador e ele se apoiou na parede. Virei as costas e fiquei na porta, esperando.

Pela primeira vez na vida eu realmente fazia algo para meu pai. Não era um favor ou uma obrigação, como buscar água na cozinha ou tirar as compras do mercado do porta-malas. Ele precisava de mim, não podia fazer aquilo sozinho, como se, subitamente e para meu total desconforto, nossas posições de pai e filho tivessem se invertido.

Ouvi o barulho da descarga, me virei para dentro e o vi ainda apoiado com as mãos na parede, em frente à privada. Coloquei o andador entre o vaso e ele, que ajeitou o elástico da bermuda e disse meio sussurrando, com a cabeça ainda baixa:

— Um dia eu vou recompensar vocês por tudo isso.

Mantive meu olhar também para baixo e respondi:

— Não.

Eu me abaixei e fui virando seu pé, antes que ele falasse mais alguma coisa. Aquela frase não fazia o menor sentido, não era dele. Nunca imaginei ouvir aquilo saindo da boca do meu pai, naquela entonação, fraca, cheia de culpa, de remorso.

— Pode deixar comigo — disse ele quando me abaixei de novo para corrigir o pé.

— Tudo bem. Vai que pisa errado outra vez e quebra. Imagina a dor?
— Eu não ia sentir nada.

Ele ficou no sofá e fui para meu quarto. Deitei no escuro, sem fechar os olhos. Não estava tudo igual, era evidente agora. "Um dia eu vou recompensar vocês por tudo isso", que besteira… Eu queria dormir para esquecer a cena, mas estava perturbado. Aquela frase ecoava nos meus ouvidos, aparecia em letras luminosas na frente do meu rosto.

No dia seguinte, um sábado, acordei cedo e fiquei vendo futebol com meu pai. Estávamos sozinhos em casa, ele no mesmo canto do sofá, com as pernas esticadas e as meias antitrombose puxadas até os joelhos. Para evitar o assunto do banheiro, fiquei comentando todos os lances do jogo, por mais insignificantes que fossem.

Sabia que ele não gostava de incomodar, e ser obrigado a depender de todos nós devia doer mais que mil cirurgias na cabeça, mas não queria ouvir sua opinião. A frase escancarava que tudo tinha mudado, que ajudá-lo a ir ao banheiro não era apenas um favor. Aquelas palavras o deixavam vulnerável, como se falando aquilo ele estivesse pedindo mais ajuda. "Meu pai não é esse", pensava, "não pode ser."

— Quase não dá pra ver esses números na camisa. Eles colocam as cores tudo igual e aí não dá pra ver nada — comentei. — Ainda fazem esse *design* meio sei lá o quê.

— Tinha que ser tudo igual, os números. Na camisa de um, o nove é de um jeito; aí, na do outro, parece um zero. Olha esse cinco. O que custa fazer um cinco normal?

— Às vezes os caras querem sair do mesmo e acabam fazendo um negócio nada a ver.

— Camisa não tem mistério. Seu time é o vermelho? Pronto, camisa vermelha pra você, vai jogar. Azul? Toma, pode ir lá.

Dei risada. Falar amenidades com meu pai era o jeito como, desde sempre, nos conectávamos. Ver futebol no fim de semana, rir de alguma baboseira na tevê, comer besteiras no sofá; era isso que eu queria.

— A físio vem quando? — perguntei.
— Deve estar chegando. Opa, juizão, é falta!
— Hum... Vai fazer na sala ou no quarto?
— Pelo amor de Deus, não dar essa falta, hein?
— É...
— Vai ser aqui na sala, tem que ser. Vou deixar a tevê ligada. Aí você pode ficar.

Não queria ficar. Preferia deixar os dois na fisioterapia e ir para meu quarto ou para a rua, fazer qualquer coisa. Meu pai percebeu o silêncio.

— Tá pensando o quê? Tem que aprender rapidão o negócio. Amanhã ela já não vem, e vou precisar da sua ajuda.
— Não, ué, tranquilo. Mas não garanto nada.
— É só ajuda pra levantar a perna, ficar mexendo o pé.
— Tô ligado.
— Vai, meu filho, passa essa bola! Olha isso! O cara corre o campo todo com a bola no pé e entrega pro outro lá na lateral, quase tromba nele! Não era mais fácil passar de onde ele tava?
— Burro, né? — respondi.
— Meu Deus.... Fica aí, que os exercícios são fáceis. Até você consegue — falou ele.

O interfone tocou, anunciando a chegada da fisioterapeuta. Era a mesma que ia ao hospital e, dessa vez, veio com uma caixa cheia de traquitanas de ginástica e uma bola de plástico gigante, que ela rolou do elevador até o meio da nossa sala. Saí do sofá e sentei em uma cadeira ao lado da televisão enquanto ela cumprimentava meu pai, dizendo que ele estava mais corado, com a pele muito boa.

Trocaram mais algumas palavras e começaram os mesmos exercícios em séries alternadas que vinham fazendo desde a cirurgia. Toda vez que ele conseguia mover um milímetro do dedo, ela comemorava entusiasmada, batendo palmas e alongando as vogais:

— Óóótiiimooo!

Era realmente muito bom ele conseguir evoluir, e aquele era o jeito da mulher de incentivá-lo, mas eu odiava. Sabia que estava sendo um idiota, só que não conseguia gostar da cena. Parecia um entusiasmo forçado, do tipo que fingimos quando uma criança vem nos dizer que achou uma pedra ou que sabe contar até três.

— Trouxe uma coisa pro senhor — anunciou ela.

Largou o que estava fazendo, foi até sua caixa e tirou de lá uma bota ortopédica. Disse que o ajudaria a andar melhor.

— Vem cá — ela me chamou.

Peguei o troço e tentei descobrir o lugar de cada coisa. Várias fitas de velcro e elásticos ficavam pendurados, saindo de todas as partes da geringonça. A fisioterapeuta me apontou uma abertura e me orientou a colocar no pé do meu pai normalmente, como um sapato. Depois, era preciso esticar um elástico em U que vinha do cano da bota e fixá-lo na planta do pé. Ao mesmo tempo, os velcros deviam ser presos atrás do tornozelo. Uma coisa dependia da outra, então era necessário forçar tudo ao mesmo tempo para funcionar.

No fim, o velcro mantinha o elástico esticado, e o pé ficava elevado, com a ponta dos dedos para a frente. Era impossível pisar torto com aquilo, o que significava que eu não precisaria mais engatinhar ao lado do meu pai por todo o apartamento. Ele levantou e andou até o banheiro com facilidade. Voltou e fez o caminho outra vez, comentando como era simples.

— Podemos ir andar na rua agora — disse ele.

10

O creme pós-barba tinha um cheiro inconfundível. Era um dos que imediatamente me faziam pensar no meu pai, ao lado de: repelente, balas de framboesa, misto quente, café, cola de vidraçaria e as borrachinhas usadas em quadras de futebol *society*. Senti o aroma mentolado e ouvi o som do andador. Estava deitado na minha cama, lendo. Segundos depois, meu pai abriu a porta e colocou o rosto recém-barbeado para dentro. Levantei os olhos e ele sorriu.

— Vamos?

Ele já estava pronto: na perna afetada, a bota que o ajudava a andar; na outra, uma sandália e a meia antitrombose esticada até o joelho. Pedi um minuto para me trocar, fechei o livro e o joguei em cima da cama.

Andar com meu pai na rua seria como anunciar sua doença em um *outdoor*. Não seriam mais os amigos à nossa volta, os outros doentes do hospital, os médicos, os enfermeiros. Estávamos prestes a romper com tudo aquilo e voltar ao mundo real, mas de um jeito diferente de antes.

— Sua mãe e sua irmã saíram — falou, quando cheguei à sala. — Manda uma mensagem pra elas dizendo que a gente foi no mercado. Vou fazer xixi.

— Beleza. Precisa de ajuda?

Ele balançou a cabeça negativamente, já se movendo devagar para o banheiro. Fui até a mesinha do telefone, abri a gaveta e peguei um bloco de notas. Preferia escrever bilhetes engraçadinhos para minha mãe a mandar mensagens pelo celular. Batuquei um pouco com a caneta, tentando pensar em algo.

Mãe,

Sequestrei o pai. Vou usar sua doença como isca e praticar trapaças no centro da cidade. Na volta vamos passar no mercado.

Beijos.

Li e fui corrigindo algumas letras que pareciam estranhas. Andei até a porta do banheiro.

— Tudo bem aí? — gritei.

Nada.

— Pai? Tudo bem?

— Tudo. Pode ligar a tevê, que eu vou demorar um pouquinho.

Sentei no sofá, tirei os tênis e liguei a televisão. Reli o bilhete.

Quando eu estava na quarta série, fui colocado em uma turma especial para os que precisavam melhorar a caligrafia. Enquanto a maioria dos meus colegas tinha intervalo, eu e mais meia dúzia de moleques escrevíamos e reescrevíamos frases com letra cursiva em folhas pautadas. Eu odiava cada minuto daquilo.

No Natal do mesmo ano, minha madrinha me deu um caderno de caligrafia, o presente mais frustrante que eu poderia ganhar. Na verdade, era uma piada da família, que achava graça na minha dificuldade escolar e não tinha muito material de humor nas boas notas da minha irmã.

Depois de fingir, encabulado, ter adorado o presente e ouvir algumas risadas, minha tia disse para eu abrir o caderno. Li a frase: "Mas não esqueça minha bicicleta!", uma alusão a um comercial da época, que não entendi na hora. Meu pai desceu comigo até a garagem do prédio e vi uma bicicleta infantil, com detalhes em azul e laranja, encostada na parede.

Minha felicidade foi proporcional ao meu desapontamento anterior. Passei a mão no banco, apertei os freios, a empurrei para a frente e para trás. Fiquei fascinado; era o melhor presente que eu tinha ganhado. Só havia um problema: não sabia andar de bicicleta.

Logo sugeriram colocar rodinhas, mas meu pai rejeitou a ideia. Afirmou que um garoto da minha idade em uma bicicleta com rodinhas era um pouco ridículo. Concordei, já pensando em quão humilhante e vergonhoso seria se um amigo me visse por aí em uma bicicleta com rodinhas.

— Amanhã a gente já começa a treinar. Em um ou dois dias você vai tá voando.

Mal dormi, ansioso. As primeiras subidas na bicicleta, em um espaço pequeno na entrada do prédio, foram terríveis. Não conseguia me equilibrar e me atrapalhava com os moradores que passavam. Mais ainda, achava que meu pai estava ficando irritado, impaciente. Eu sabia como acontecia. Ele se propunha a me ajudar, perdia a paciência e me largava sozinho na mesa com um exercício de matemática. Dessa vez, me empurrava e, depois que soltava, eu não saía do lugar. Parecia igual.

No terceiro dia seguido de treinos, mudamos a estratégia e fomos ao parque. Eu continuava falhando nas tentativas. Meu pai me empurrou por poucos segundos e soltou, como vinha fazendo. A roda da frente pareceu querer fugir no mesmo momento e tive que apoiar os pés no chão para não cair.

— Segura firme. Usa os braços. É igual pegar jacaré, lembra?

— Lembro — respondi, sem entender a relação.

— Quando a onda chega, você tem que remar o mais rápido que conseguir. Agora você tem que pedalar. Firme, igual na onda. Se você não rema, a onda te engole; se não pedala, cai.

— Tá.

— Tem que ir com vontade. Você não tá indo com vontade, aí a bicicleta chacoalha mesmo.

Montei no banquinho de novo. Na hora em que comecei a ser empurrado, dois garotos de uns doze ou treze anos passaram gritando e rindo.

— Ui, nessa idade e não sabe andar de bicicleta?!

Coloquei os pés no chão. Meu pai apareceu na minha frente e disse, gesticulando com os braços:

— O que eu falei? Pedala e segura firme.

Ele com certeza tinha escutado os garotos, mas não ligou nem um pouco. Foi como se estivéssemos em um mundo só nosso. Apenas aquilo importava.

Na volta para casa, contei à minha mãe como havia sido o dia.

— E o que você falou pros meninos? — perguntou ela.

— Xinguei eles — respondi, do alto dos meus dez anos de idade.

Meu pai, lavando louça de costas para nós, se virou.

— Não, você não fez nada disso.

Fiquei quieto.

— E não era para dizer nada mesmo. Eles te conheciam? Quem são eles?

Sorri para meu pai, mas acho que ele se virou antes que pudesse ver minha expressão.

— Bora? — disse ele, arrastando o andador para fora do banheiro.

Levantei do sofá e fomos devagar até a porta. Descemos pelo elevador até o térreo e chegamos ao *hall* do prédio. Ele andava bem com a bota, o pé sem vida ficava duro e reto, era só firmá-lo no chão e se apoiar no andador. Íamos até o mercadinho na esquina do quarteirão, uma caminhada de dois minutos, no máximo. Passamos facilmente pela cabine do porteiro, cruzamos o portão e saímos para a rua. Peguei o boné que havia trazido e coloquei na sua cabeça, em cima do esparadrapo que protegia a cicatriz da cirurgia.

Não queria olhar para ninguém, só para meu pai. Começamos a caminhar e eu sentia as pessoas indo e vindo, como vultos atrás de mim. O andador fazia um *trec-trec* mais alto na rua. Preferia que ele usasse uma bengala, algo mais simples. Não queria aquelas meias, aquele bonezinho, aquela bota ortopédica.

Ele parou. Respirou fundo e olhou para mim, pedindo um instante. A calçada não era regular como o piso do apartamento ou o do hospital. Sua testa tinha gotículas de suor e os cabelos ao lado do rosto já estavam molhados. Apoiei a mão nas suas costas.

— Mais uns vinte e cinco passos e a gente chega. Vai, vamos.

Ele se mexeu, devagar. Cada passo parecia ir tirando mais e mais sua energia, os braços não seguravam o andador como antes.

— Vou parar aqui — disse ele em frente à banca de jornais, um pouco antes do mercado.

Pedi um banco à dona da banca e ele sentou, extenuado. Fui para o mercado sem pressa e, quando voltei, ele estava na mesma posição, conversando com a mulher e com uma revista de quebra-cabeças no colo. Peguei e pus na minha sacola, junto do leite e do pão.

Começamos a caminhada de volta para o prédio em um ritmo um pouco melhor, mas ele logo sentiu cansaço e fomos parando. Meu pai ia na frente e eu o seguia meio ao lado, meio atrás. Quando a calçada ficava estreita por causa de uma árvore ou coisa do tipo, eu o deixava ir na frente, mantendo a mão no seu ombro.

Ele parou de novo, justamente em um trecho em que não caberíamos lado a lado. Dei dois tapinhas nas suas costas e disse que ele podia tomar seu tempo. Olhei para trás e vi um casal se aproximando. Os dois rapidamente foram para a rua e nos ultrapassaram. Sorri agradecendo.

— Respira fundo, tá tranquilo.

Ele deu outro passo, mas parou de novo.

— O pão de forma tá em promoção — comentei.

— É?

— Acho que, na real, eles aumentam o preço e depois abaixam.

— Você comprou?

— Comprei.

Ele andou de novo. Vi um homem com roupas de ginástica, óculos escuros e fones de ouvido correndo na nossa direção e me virei para meu pai, estático. O corredor se aproximou e ficou dando pulinhos atrás de nós. Girei a cabeça, sem olhar diretamente para ele, apenas mostrando que eu o estava vendo ali.

O homem checou seu relógio de pulso e continuou trotando sem sair do lugar. Fixei meu olhar para a frente, com a mão nas costas do meu pai. Ouvi uma bufada e um resmungo alto enquanto o corredor saía de trás de nós, seguia pela rua e nos ultrapassava. Tive raiva e torci para que tropeçasse na próxima esquina e desse com a cara no chão.

— Quantos você comprou? Um ou dois? — perguntou meu pai, dando mais um passo.

Depois deu outro, e outro, e mais alguns, até chegarmos em casa.

11

    Meus medos em relação à rádio e à quimioterapia eram até banais quando meu pai começou as sessões. Não gostava da ideia de vê-lo vomitando e preferia que ele não ficasse careca. Pensava na explicação do médico no hospital, nas casquinhas no cérebro. Queria que fosse preciso apenas limpar aquilo, tirar a sujeira da cabeça do meu pai e ponto final. Ele iria lá uma dúzia de vezes, para varrer, ensaboar, escovar, esterilizar, desinfeccionar, higienizar, e tudo o mais que pudesse fazer. Então, voltaria para casa e seguiria a vida normalmente.
    No início, foi mais ou menos o que aconteceu. Com minha irmã trabalhando o dia inteiro, minha mãe o levava à químio de manhã, antes do serviço, e eu ficava com ele à tarde. O esquema funcionava muito bem e meu pai não parecia estar sofrendo nenhum efeito colateral. Até os cabelos continuavam por ali, apesar de um pouco falhos em alguns pontos.
    — Eu já não tinha muito mesmo — disse ele quando cheguei em casa e olhei diretamente para o topo da sua cabeça.
    — Não, tá legal. Parece eu depois do trote da faculdade. Só faltam a tinta, a farinha...
    Minha mãe vinha do corredor com vários papéis debaixo do braço, o casaco no ombro, os sapatos em uma das mãos e a bolsa na outra.
    — Faz um macarrão aí, vê o que tem na geladeira. Tô atrasada.
    — Falando em faculdade — continuou meu pai —, e o TCC?
    — Tá indo.

— Pra onde?
— Pro fim.
— Acabou? Que dia é a defesa?
— Acho que sim. Ainda não sei o dia.

Havia decidido entregar o trabalho incompleto na semana anterior. Tinha o número mínimo de páginas necessário e não consegui continuar escrevendo, então me dei por vencido. De qualquer maneira, sabia, sim, quando aconteceria a defesa.

— Como não sabe?
— Preciso ver lá.
— Vê lá e me avisa — interrompeu minha mãe.
— Não precisa ir. Acho que a apresentação é fechada.
— Ei, você não tá ouvindo? — Meu pai aumentou a voz.
— Vou olhar o papel que deram. É que deve ser de manhã, não sei se é aberta pro público.

Meu pai me encarou sem piscar. A defesa seria na sexta-feira da semana seguinte, no horário da quimioterapia.

— Vai ser aberta pra sua mãe. Me avisa — disse ela, saindo.

Fechei a porta demoradamente para que meu pai levantasse e fosse para o sofá sem nos olharmos de novo. Ele se ajeitou no canto de sempre e me pediu os remédios daquele horário.

Eu preferia pensar que estava escondendo o dia da defesa do TCC apenas por praticidade, para não ter que mudar a rotina de ninguém, causando dor de cabeça desnecessária. Era um bom jeito de ver a situação naquele momento, melhor do que cogitar a hipótese de eu não querer meu pai lá. Por ele estar doente. Por não ter contado para ninguém que ele estava doente. Por meu trabalho ser ruim e eu estar com medo de ser esculhambado pela banca examinadora. Por meu pai, doente, ir à minha faculdade, com um andador e um corte de vinte centímetros na cabeça, e ver que meu TCC era péssimo. Não, preferia pensar que não queria meus pais lá por outras razões.

No dia seguinte, meu pai decidiu voltar a trabalhar, mesmo que não com a frequência de antes. Ele poderia ir para a vidraçaria, tocada apenas pelo sócio no último mês, nas manhãs em que não tivesse quimioterapia. Minha irmã e minha mãe fariam o transporte e ele voltaria para casa à tarde.

Era um período curto, apenas algo para ele ir voltando pouco a pouco, mas eu achava surpreendente. Nada do que diziam ou do que eu tinha visto em filmes estava acontecendo. Não havia dramas. Ele nem vomitava, o que eu com certeza perceberia, considerando o barulho do andador ecoando na casa inteira em toda ida ao banheiro.

Estava de volta ao trabalho, andava razoavelmente bem sozinho, falava como antes, comia tudo o que quisesse. Eu também sentia que vinha me adaptando àquilo, entendendo que a mudança não era tão grande. Tinha me acostumado até com a fisioterapia, com todos aqueles exercícios repetitivos que fazíamos dia após dia.

Avisei, depois de um pouco de pressão da minha mãe, o dia da banca do TCC. Eu a vi chegando no meio da apresentação, tentando não fazer barulho enquanto andava pelo corredor do auditório e minha orientadora falava. Seria difícil não vê-la, já que, além dela, havia apenas dois ou três amigos em um espaço de cento e cinquenta lugares. Meu pai não pôde ir.

Os examinadores apontaram erros e acertos, deram a nota e puxaram uma salva de palmas, o que foi ligeiramente vergonhoso, considerando o número de pessoas presentes. Tive uma sensação de vazio, como se a grande bolha daquele trabalho final estourasse e dentro só restasse ar. Não significou nada para mim.

— Formado, hein? — comentou um dos professores quando levantei. — É uma passagem importante, a passagem definitiva pro mercado de trabalho.

Não sabia nem se já tinha passado parcialmente para o mercado de trabalho quanto mais definitivamente, mas agradeci ao professor. Ele me entregou suas anotações e me abraçou.

— Continue indo atrás do que você quer. Foi um prazer — disse ele.

Sorri. Parecia um cara legal. Devia ser um veterano de bancas de TCC, com essas frases motivadoras anotadas em um caderninho. Meus amigos vieram me cumprimentar e minha mãe me beijou, disse que estava orgulhosa e quis tirar fotos. Seria ótimo que eu pudesse continuar indo atrás do que queria, mas não tinha a menor ideia do que era isso. Estava formado, o que, no entanto, não significava mais que um papel com letras douradas para mim.

Voltei para casa mais tarde, já sabendo onde encontraria meu pai: no mesmo canto do sofá, diante da televisão ligada. Seu braço parecia um campo minado; seus hematomas iam do meio até quase o pulso. Eram marcas arroxeadas, azuladas, esverdeadas. No lugar onde a seringa com o remédio entrara naquele dia, havia um curativo pequeno.

— Pra que serve esse curativo aí? — perguntei.

Era uma cena quase cômica, aquele braço todo machucado e um retângulo pequenininho colado no centro.

— Coloquei pra lembrar de comprar papel higiênico — respondeu.

Sentei ao seu lado.

— E aí, como foi? Não consegui ir.

Meu pai falava um pouco mais baixo, pausadamente. Parecia muito cansado.

— Tudo bem. Foi tranquilo, bem rápido.

— É? O cara era gente boa? Fez muita pergunta?

— Era gente boa, sim, mas não sei se leu inteiro. Acho que ele passou o olho só.

— Sua mãe disse que ele te elogiou.

— Ah, coisa normal de banca, né? Eles meio que falam sempre a mesma coisa.

— Não sei, não.

Dei de ombros. Não havia sido a apresentação de TCC mais emocionante, eu tinha poucas coisas a falar. Sabia que meu pai queria ter ido, mas não consegui dizer mais nada.

— Parabéns — disse ele.
— Obrigado. — Balancei a cabeça, desconfortável.
— Eu nunca defendi um trabalho assim. É importante.

Ficamos em silêncio por um momento. Só se ouvia o som do programa esportivo na sala.

— Você almoçou? — perguntei. — Acho que tô com fome.
— Sim, sobraram umas coisas, esquenta lá.
— Beleza. E como foi o trabalho?
— Igual. Não vai muita gente. As velhinhas do bairro vão lá pedir saboneteira, vidrinho pra casinha da santa, essas coisas.
— Sei... — respondi, rindo.
— É, tá bom.
— Voltou a dormir bem?
— Não, não durmo.
— Como assim?
— Não durmo faz um mês, nem com remédio.
— E fica fazendo o quê?
— Olhando o teto. Pensando.
— Pensando em quê?
— Coisas. Ultimamente fico contando quantas sessões de quimioterapia e de radioterapia ainda faltam. Aí conto em dias, horas, minutos. Depois conto quantas já foram, também em dias, horas, de todo jeito que acho pra contar. É mais legal assim, pensar nas que já foram.

Pensei nele fazendo isso todas as madrugadas. Em vez de contar carneirinhos para dormir, contava quimioterapias.

12

O Corinthians estava no Japão para jogar a final do mundial de clubes contra o Chelsea. Meu pai prosseguia com seu tratamento de químio e radioterapia, ainda não conseguia dormir nem movimentar a perna. Eu, no meio de tudo isso, pensava mais na partida, na possibilidade de o Tite escalar o Jorge Henrique no lugar do Douglas para melhorar a marcação no lado direito.

Com o fim da faculdade e a continuação do meu desemprego, eu ficava cada vez mais em casa, procurando vagas na internet, vendo televisão ou dormindo. As perspectivas de arranjar uma entrevista no fim do ano eram praticamente nulas, e meu pai seguia na mesma rotina modorrenta. No entanto, ele parecia diferente. Algumas características negativas de antes estavam afloradas, mais evidentes. Ele se irritava com facilidade, dava respostas atravessadas, teimava com coisas irrelevantes. Depois, percebia como estava agindo e se chateava, ia para o quarto, fechava a cara.

Eu fazia igual, de certa maneira. Preferia me distanciar, saía de casa quando podia, arranjava desculpas para não estar presente. Driblava a presença do meu pai como um atacante ensaboado confunde o zagueiro, vez aqui, vez ali. Só aparecia nos momentos em que era realmente impossível escapar: almoços, jantares, ajudas para os exercícios na perna ou caminhadas.

Os fins de semana eram os mais entediantes, com minha mãe e meu pai cansados, passando o dia todo no sofá, minha irmã aproveitando seus dias livres para sair, e eu tentando bater recordes no copas e no paciência do computador. Era isso que acontecia na véspera da final do Mundial de Clubes. Minha irmã estava fora, meus pais assistiam a um filme na sala, e eu enfrentava robôs em uma mesa virtual de feltro verde. As cartas vinham, voltavam, e eu ia seguindo, apenas fazendo o tempo passar, mais ou menos como vinha tocando a vida nos últimos meses.

Vivia em uma folha em branco. O limão no cérebro, a perna sem vida, o fim da faculdade, o desemprego, a falta de amigos no sábado à noite. Eu não sentia nada. Apenas seguia, como quem avança em um labirinto com os olhos vendados.

Ouvi o som do andador rangendo no corredor. Meu pai se encaminhava para o quarto mais cedo, como de costume depois que voltamos do hospital, quando ele pegou o hábito de ouvir o rádio ou de ler na cama. Passou pela minha porta, deu dois toquinhos e disse:

— Boa noite.

— Boa noite — retribuí, com voz meio molenga, sem tirar os olhos da tela do computador.

Quinze minutos depois, ouvi um grito dele.

— Me ajuda! Me ajuda!

Virei o corpo em direção ao quarto dos meus pais e escutei minha mãe correndo da sala. Foram três passos secos no corredor, o som de socos firmes em um saco de areia. Fui até a porta e a vi se jogando em cima da cama para abraçar meu pai. Ele tremia dos pés à cabeça, todo o seu corpo sacudia, os braços, as pernas.

— Calma! — dizia minha mãe enquanto tentava segurá-lo.

Pareciam choques elétricos, descargas ininterruptas. As pontas dos pés se esticavam, o braço curvava para dentro, a boca tinha baba, os olhos estavam arregalados na minha direção.

Eu não olhava diretamente. Estava parado na porta do quarto, pensando no que fazer, querendo que aquilo parasse. As costas da minha mãe balançavam em resposta aos espasmos. Ela parecia tentar agarrar algo que escapava, um bicho selvagem que se debatia. Fiz menção de pegar água, pensei em ligar para alguém, um parente, a ambulância. Não fiz nada, fiquei parado. Desviava o olhar, não queria ver meu pai, não queria que ele me visse.

— Olha pra mim — falou minha mãe. — Calma, calma. Olha pra mim.

Vi meu pai mexer o pescoço com dificuldade, virando primeiro os olhos e depois a cabeça para ela. Seus braços e pernas foram relaxando, o peso foi caindo novamente na cama. Minha mãe se soltou e desabou ao lado, o suor visível na testa, a respiração barulhenta.

— O que foi isso? — perguntou meu pai, ofegante.

Eu me acalmei. Virei as costas, fui à cozinha e voltei com um copo de água.

Na manhã seguinte, saí cedo e fui para a casa de um amigo antes que alguém acordasse. Não tinha dormido muito. A imagem do meu pai chacoalhando e a ansiedade pelo jogo foram uma mistura certeira para que eu me revirasse na cama durante toda a madrugada.

Aquela convulsão poderia acontecer sempre? Todo dia? Em todo lugar? E, se acontecesse mais, poderia ser a última vez? Pensava nisso enquanto encarava um pote de amendoins e esperava o jogo começar ao lado de umas dez pessoas. A cena do meu pai tremendo com os olhos arregalados não saía da minha cabeça. Ele poderia ter morrido ali.

"Ainda bem que não morreu na véspera da final do Mundial", pensei. Olhei para o lado, ninguém prestava atenção em mim, ninguém lia meus pensamentos. As pessoas conversavam, tomavam café para ir acordando, se ajeitavam em algum lugar perto da televisão.

Continuei pensando no meu pai e a partida começou. No segundo tempo, uma tabelinha perto da área, o chute e a sobra de bola no alto, sem goleiro. Foi um daqueles momentos no esporte em que o tempo passa mais devagar. Todos hipnotizados pela tela, os joelhos já levantando os corpos, os braços se esticando, o grito tomando forma, aquele zunido pré-explosão.

A bola lambeu o travessão e deslizou pela rede, dentro do gol. Foi a explosão, o *big-bang* do sentimento futebolístico. Pulei, berrei, abracei. Voavam líquidos, comida, garrafas, camisetas. Os rojões estouravam no céu, os vizinhos gritavam e xingavam nas janelas, as pessoas riam, cantavam, beijavam colares, anéis, fotografias, imagens de santos.

Depois de vinte e cinco minutos de tensão, silêncio e gritos esporádicos de "Acaba, juizão!", mais abraços, risadas e choros de alegria. Ouvi o *ploc* de uma garrafa sendo aberta e acabei tomando um banho de bebida alheia. Surgiu na minha mão uma vuvuzela vinda sei lá de onde. Não demorou estávamos saindo sem camisa, festejando, em direção à Avenida Paulista.

Chegamos à estação Consolação e vi a multidão de pessoas. Alguns pareciam estar por lá desde sábado, talvez sábado da outra semana. Eu já não pensava em nada, estava feliz. Passavam pela minha mão cornetas, latas de espuma, serpentinas, espetinhos cobertos com farofa. O dia estava só começando, eu pulava no meio da rua na minha avenida predileta, meu time era campeão do mundo e meus amigos cantavam ao meu lado.

Me dê a mão! Me abraça! Viaja comigo pro céu!

As camisas rodavam e os fogos estouravam. Repórteres eram abraçados, embrulhados em bandeiras, presenteados com copos de bebidas coloridas. Vitrines de lojas eram enfeitadas com faixas, carros e ônibus buzinavam, tudo parecia fazer sentido. Nós íamos e voltávamos pela avenida, fazendo amigos, dando risada. Era como se aquela fosse nossa vida, ali, naquela extensão de asfalto para sempre. Eu estava presente, eu fazia parte, eu existia.

No entanto, o tempo passou, os espetinhos começaram a se desentender no meu estômago, as pessoas foram para casa e meus amigos desapareceram. Sentei na calçada em frente ao Masp, senti o vômito subindo quente pela garganta e fechei a boca. Respirei fundo. Meu celular vibrou. Quatro ligações perdidas da minha mãe, duas da minha irmã. Uma mensagem dela: "Tivemos que ir pro hospital. Me liga".

13

Cheguei ao saguão do hospital sentindo que eu estava fedendo. Havia ido direto da Avenida Paulista para lá, o que me impediu de tomar um banho ou mesmo trocar de roupa. Passei a mão nos braços, melados de suor, espuma de festa, gordura de carne e tudo o que havia me rodeado naquela tarde e segui até o banheiro do térreo, depois dos elevadores.

O chão reluzia, limpíssimo, o que, por consequência, aumentava minha imundice. Dei um toque no botão da torneira e ele foi logo subindo de volta. Coloquei os braços embaixo da água no exato momento em que ela parou de cair. Voltei a apertar o botão, por fim me molhando.

Parecia estar com uma capa cobrindo a pele, uma fina película como aquelas que fazia com cola nas aulas de artes da infância. Estiquei o braço para o lado e dei três batidas na saboneteira, despejando pequenos cuspes de espuma na palma da mão. Esfreguei até depois do cotovelo, indo e voltando várias e várias vezes, até toda a água suja ter rodopiado pela lateral da pia e sumido dentro do ralo. Fiz o mesmo procedimento no outro braço.

Um desodorante e uma bala de hortelã cairiam bem naquela hora, mas eu só tinha nos bolsos meu celular e minha carteira anoréxica. Peguei mais um pouco de água com sabão e passei debaixo dos sovacos, com cuidado para não molhar minha camiseta já úmida. Qualquer um que entrasse, talvez abalado pela hospitalização de um ente querido, ou ficaria ainda mais perturbado com a cena, ou teria um belo alívio cômico com aquele pastelão que eu protagonizava.

Depois, peguei um chumaço de papéis-toalhas para me secar e fiz bochecho com água, minha única opção de limpeza bucal naquele momento. Contei uns quinze segundos, cuspi tudo e saí. Mandei uma mensagem de que havia chegado para o celular da minha irmã, que respondeu rápido com o número do quarto e o andar.

Em menos de dois minutos eu estava no corredor certo, andando e espiando o movimento, até avistar minha mãe sentada em um pequeno sofá, falando no telefone. Quando me aproximei, vi minha irmã também ali, um pouco escondida atrás de um vaso com uma planta enorme. Seu rosto estava vermelho e inchado, sinal de um choro que deveria ter sido permanente toda a tarde, a mesma tarde que passei cantando, rindo e festejando.

— Tudo bem?

Que pergunta estúpida...

Ela fez que sim com a cabeça, aceitando meu ritual de palavras jogadas e fungando de leve. Minha mãe desligou o telefone e veio me dar um beijo, que acabou sendo um abraço e alguns beijos. Ela ficou pendurada por um tempo no meu pescoço como às vezes fazia, mas agora parecia de um jeito melhor. Retribuí o abraço até ela se soltar e sorrir para mim.

— Tinha muita gente lá? — perguntou.

— Lotado — respondi.

— Ê, Timão! — Ela acariciou meu braço.

— E aí? Rolou aquilo de novo?

Eu já sabia mais ou menos que tinha acontecido de novo pelas mensagens trocadas com minha irmã no metrô, a caminho do hospital.

— Mais leve, no fim da manhã. Tão dando uma olhada e vão liberar ele amanhã cedo já.

— Amanhã? Hum... Mas o que rolou? O que falaram?

— É difícil dizer. Depois que tiram o tumor, fica um buraco que vai sendo refeito. O médico disse que o cérebro ainda não se acostumou com isso e às vezes vai pro lado errado.

Fingi entender.

— As comunicações, sinapses, sei lá, vão acontecendo lá dentro e, quando chega no buraco, dá meio que um *tilt*, elas não sabem pra onde ir — continuou minha mãe.

— Aí dá aquela convulsão — falei.

— É. Só que não é uma convulsão. Não sei se tem nome.

De fato, não era difícil entender. O buraco deixado pelo tumor ainda não tinha sido assimilado pelo cérebro, como uma perna amputada que ainda coça.

— O médico disse pra pensar num carro na estrada: se tá asfaltada, ele vai sem problema, mas, se estiver esburacada, vai chacoalhar.

Os médicos e suas analogias... Agora meu pai chacoalhando na cama era um carro em uma estrada mal asfaltada. Pior que era uma imagem boa para entender o problema. Mesmo assim, soava um pouco insensível, porque vinha de outra pessoa, não de mim. Eu podia comparar restos de tumor com casquinhas de pipoca, mas aquelas pessoas não.

— Ele tá dormindo? — eu quis saber, já imaginando que sim.

— Não — respondeu minha mãe. — A físio tá lá e a gente veio tomar um ar.

Olhei para o quarto. Esperava que ele estivesse dormindo para não precisar entrar lá. Alguém diria que estive no hospital, mas precisei ir embora antes de ele acordar, e pronto, o papel de bom filho estaria feito, sem necessidade de um papo desconfortável sobre como o momento era difícil.

Minha mãe disse para minha irmã ir descansar. Eu estava ali, afinal de contas. Ela se despediu ainda com os olhos vermelhos e entrou no quarto. Voltou rapidamente, acompanhada da fisioterapeuta, que veio abanando as mãos e dando passinhos empolgados na minha direção.

— Ele tá ótimo! — exclamou.

Eu sorri para ela. Quis perguntar quão ótimo ele estava em uma escala de um a dez. Comparando alguém tomando água de coco na praia e um homem de meia-idade hospitalizado sem um pedaço do cérebro, onde ótimo se encaixaria? Não perguntei. Apertei sua mão e desejei boas festas. Ela abriu sua sacola, retirou um pequeno embrulho plástico com adesivos de Papai Noel e me deu, sorrindo.

— Você gosta de chocolate?
— Gosto... — respondi.

Ela com certeza havia se esforçado naquilo, indo a papelarias para procurar os saquinhos, os adesivos, as fitas e a mercados para comprar os chocolates, separando grupinhos de um branco, um ao leite, um meio amargo e um crocante, fazendo os embrulhos, individualmente, durante uma noite inteira. Agradeci.

— Eu também — disse ela, já saindo para conversar com minha mãe.
— O quê? — perguntei.
— Também gosto de chocolate — respondeu, erguendo sua sacola.
— Ah, sim.

Fiquei parado no meio do corredor enquanto ela ia até o sofá. Entrei no quarto do meu pai e o vi de camisola, na cama, vendo televisão e comendo os chocolates que também havia acabado de ganhar da fisioterapeuta.

— E aí? — saudou ele, muito mais água de coco na praia do que câncer no hospital.

Apertei sua mão, morna, firme.

— Acabou um a zero? — perguntou ele.
— Sim.
— Roubado.
— Que roubado o quê...
— Ha-ha! Roubado, ué, eu vi. Roubadaço.
— Vai nessa.

Ele abriu outro chocolate. Ficamos um tempo sem falar enquanto eu tirava os tênis e sentava em uma poltrona.

— Sabe — começou. — Se eu tiver mais um daqueles negócios, precisa me segurar, me segurar firme.

— Uhum.

Ele tirou os olhos da tevê e me encarou.

— Sério. Com força. Assim que passa.

— Entendi.

A ideia de estar sozinho com meu pai e ele ter uma daquelas convulsões me aterrorizava. Não tirava aquela possibilidade da cabeça desde a noite anterior e torcia para que não acontecesse de novo. Na pior das hipóteses, se fosse o caso, que eu não estivesse por perto.

— Belê — falou ele. — Agora, uma coisa mais importante.

— Diga.

— Você vai comer os seus chocolates?

— Cê nem acabou o seu.

— Tô planejando o futuro, pensando na frente.

— Nem vem. Esses aqui já tão com o futuro planejado.

— Cê acha que sua mãe vai comer os dela?

Dei risada. Abri meu pacote e revirei lá dentro.

— Tó, pode ficar com o meio amargo.

— Sabia que chocolate quer dizer alimento dos deuses? — disse ele.

— É?

— Eu não quero ser um deus. Todos os deuses que eu conheço morreram. Prefiro ficar só com o alimento deles mesmo.

Soltei o ar pelo nariz, achando graça. Meu pai não estava irritado ou impaciente como havia estado muitas vezes naquele mês. Eram até surpreendentes seu bom humor e sua tranquilidade depois dos últimos acontecimentos. Ele falou o que tinha que falar sobre a doença e pronto, seguimos conversando como sempre fazíamos.

Não precisávamos discutir seu câncer e os espasmos. Podíamos ser apenas pai e filho batendo papo sobre qualquer coisa. Mesmo que aquelas coisas dissessem muito, no fundo era bom só estar ali, existindo e comendo chocolates.

14

Na noite de Natal, meu pai chorou. Enquanto os familiares estavam de olhos fechados, rezando em volta da mesa, vi que ele chorava em silêncio, de mãos dadas com minha mãe. Talvez estivesse emocionado por imaginar que era seu último Natal. Talvez todos aqueles remédios o deixassem mais sensível. Não sei... O fato é que ele nunca tinha chorado em qualquer data comemorativa e naquela ele chorou.

A fisioterapia já durava meses e nada havia mudado. Ele continuava sem forças, arrastando-se para ir ao banheiro. As perspectivas de que ia melhorar eram nulas. Pior, era possível que ele estivesse regredindo. O fim das sessões de químio e radioterapia, que deveria ser algo bom, trouxe apenas aquelas duas convulsões. Era como tentar encher uma piscina com um conta-gotas, mas a piscina é gigantesca e o ralo está aberto.

Eu sentia raiva. Desejava coisas horríveis para pessoas aleatórias na rua simplesmente por desejar. Só por não gostar da cara de algum engravatado entrando em um táxi, eu pensava que ele merecia ter câncer, não meu pai. Se alguém ficasse parado do lado esquerdo da escada rolante, andasse devagar na calçada ou jogasse um papel de bala na rua, eu xingava o universo, ironizava as escolhas do mundo em deixar aqueles infelizes andando por aí enquanto outros não podiam mexer a perna.

Era cada vez mais difícil continuar acreditando que tudo terminaria rápido, que logo estaríamos vivendo a vida de antes. Comi em silêncio naquela noite, imaginando se meu pai também xingava os outros mentalmente ou fazia piadas com sua condição. "Pô, tênder? Meu último Natal e a galera vem com um tênder? Não tinha como arranjar um pernilzinho?"

Chegando em casa, minha mãe foi ajudá-lo a tirar a bota ortopédica e se deitar, e eu fiquei com minha irmã na sala. Havia comprado um livro para ela, um romance de quase mil páginas, que me arrependi de ter escolhido na hora em que entreguei. Era um troço enorme com letrinhas pequenas, minha irmã nunca leria, mas ela agradeceu e disse que estava mesmo querendo se esforçar para ler mais no ano seguinte. Uma mentira simpática.

Depois pegou um pacote e me deu. Eram dois cadernos azuis, de capa mole e sem pauta, do tipo de que eu gostava.

— Pra você escrever seus roteiros e suas crônicas — falou.

— Obrigado — agradeci. — Gostei muito.

— Escreve alguma coisa sobre mim então — completou, rindo.

Era uma sugestão que ela sempre fazia e eu sempre dava a mesma resposta:

— Nunca.

Fui chamado para passar o Ano-Novo na casa de um amigo, no litoral de São Paulo, e estranhei. Ia uma turma do colégio com outros conhecidos e namoradas, e eu não me sentia parte daquilo. Cada um tinha ido para um lado após o fim da escola, seguido sua vida, feito novas amizades, novas escolhas, como deve ser. Portanto, o convite me pareceu ter a ver com a situação do meu pai.

Qual fosse a razão, eu precisava de um tempo longe. Minhas fugas à tarde, para andar pela cidade ou sentar em bancos de praças, não estavam adiantando. Além disso, mesmo não sendo tão próximo das pessoas que iam à praia, algumas ainda me faziam ter a sensação de estar entre amigos, em casa.

Chegamos no dia 31 e, ao escurecer, fomos em grupo acompanhar a contagem e ver os fogos de artifício na praia. Quando deu meia-noite, me senti novamente um intruso. As pessoas se abraçavam, trocavam palavras ao pé do ouvido, brindavam, mas comigo era diferente. Eu não sabia o que dizer, dava abraços frouxos, apertos de mão atrapalhados. Queria que alguém viesse falar comigo, que me dissesse algo especial. Eu, no meu canto, não dizia nada para ninguém.

No meio de tudo isso, em pé na areia, vi uma família escoltando uma senhora que andava com dificuldade, cobrindo um dos olhos com a mão. Ao passar por mim, pude enxergar seu rosto e notei a bochecha e o queixo ensanguentados. Todos que a acompanhavam tinham uma expressão de choque, provavelmente a mesma que eu.

Eles foram embora, deixando um pequeno rastro com pingos de sangue no chão, e tudo voltou ao que era antes. Foi um *flash* de filme de terror, um susto no meio de algo mundano. O ritual de Ano-Novo continuava, com seus fogos, sua festa, mas algo parecia fora do lugar, como um disco riscado, tocando o mesmo trecho de música.

Quis ligar para meus pais e me afastei das pessoas, iluminando a areia com a lanterna do celular. Não estava nos meus planos cortar o pé em um caco de vidro e ir para o hospital, talvez ficando em uma maca ao lado daquela senhora. Caminhei alguns metros, até perto de um buraco com meia dúzia de velas acesas dentro, e pressionei "Mãe" no visor.

O telefone tocou tanto que pensei em desligar, mas, quando eu estava tirando do ouvido, ela atendeu com uma voz distante. Contou que eles haviam passado a virada do ano na casa da minha avó e voltaram logo depois dos fogos. Eu queria falar com meu pai, mas ele já estava na cama, tinha ido dormir assim que chegaram em casa. Trocamos alguns votos tradicionais de Ano-Novo e nos despedimos.

Longe da concentração de pessoas, era possível ouvir o mar. Andei um pouco e deixei uma onda passar em cima dos meus pés, que afundaram alguns milímetros na areia molhada. Batuquei no celular uma mensagem para minha irmã: "Feliz ano-novoooo!". Fogos atrasados estouraram no céu.

Voltei para onde estava antes, perto do buraco, e sentei. Enfiei as mãos na areia, abrindo espaço com a ponta dos dedos e tentando me enterrar de pouco em pouco, cada vez mais. Estava úmida e fria. Conseguia ver, do meu lado direito, um grupo de umas oito pessoas celebrando, puxando coros de "Adeus, ano-velho. Feliz ano-novo. Que tudo se realize...".

Eu me perguntei o porquê de fazer planos no Ano-Novo. Você pode morrer no dia 1º e seus planos vão para o espaço. Você pode ser atingido por um rojão e ficar cego na noite do *Réveillon*. O grupo foi até a água e começou a pular ondas de mãos dadas, sem muita coordenação.

Achei que meu pai gostaria daquela cena. De repente, senti simpatia por aquelas pessoas. Elas estavam fazendo o que queriam, juntas. Só aquilo era bom o bastante, independentemente do que aconteceria ou do que havia acontecido. Um homem de cabelos brancos começou a empurrar as pessoas no mar. Ele usava óculos de plástico em formato de 2013, jogava homens, mulheres e crianças nas ondas e gritava "Caldo!".

"Fazer planos nos ajuda a continuar", pensei. Não tinha certeza se eu já havia lido isso em algum lugar, se era a letra de uma música ou se simplesmente veio na minha cabeça. Parecia verdade, de qualquer jeito. Às vezes a gente nem precisa seguir com o planejamento; só o fato de imaginar já é uma satisfação. Fantasiar pedir demissão e viajar o mundo pode ser, mesmo que a pessoa não faça isso, o que a faz continuar.

Não ter planos me causava medo. Pela primeira vez eu não tinha a menor ideia do que faria no ano seguinte; a escola não me esperava para mais um ano letivo, a rematrícula na faculdade não era mais necessária. Eu havia sido estudante durante toda a minha vida e agora parecia que eu não era nada. Mais aterrorizante que achar que ninguém me entendia era ter certeza de que eu mesmo não me enxergava. Somado a isso, era um desconhecido ao lado de pessoas que conhecia tão bem. Eu me fechei na faculdade, apegado às amizades antigas, tentando manter as coisas como eram, sem saber que isso é impossível.

Desenterrei uma das mãos da areia e olhei meu celular. Uma e meia da manhã, zero mensagem, nenhuma ligação. Não queria estar ali, mas também não conseguia pensar em um lugar onde gostaria de estar. Voltei a cobrir minha mão com areia e percebi um grupo de garotas indo até o mar, do meu lado direito.

Eram quatro, provavelmente da minha idade, todas de branco. Escutavam MPB em uma caixinha de som e se mexiam acompanhando a música. Uma delas usava um vestido com as costas abertas e tinha cabelos na altura dos ombros. Devia estar na praia havia algumas semanas. Ela me olhou e nós dois viramos o rosto quando percebemos que nos encarávamos.

Considerei ir lá perguntar o nome dela, de onde era, se queria ir comigo para qualquer lugar. Às vezes, a gente olha para meninas bonitas de vestido e pensa esse tipo de coisa. Normalmente, não passa disso, mas é como o negócio dos planos de ano-novo: só pensar já é ótimo.

O grupo que brincava na água à minha esquerda não estava mais lá. As garotas, à direita, foram indo embora. Não via ninguém conhecido também. Voltei a me lembrar da senhora com o olho sangrando e tive um estalo no meu pensamento desordenado, a primeira ideia clara que vinha na minha mente.

Eu sabia que o medo, a raiva e a angústia eram totalmente naturais, mas não exclusivos. Não me deixava ficar triste porque, ao meu redor, havia pessoas em situações muito piores, porém aquilo começava a perder o sentido. Não era uma competição de quem pode ficar triste, quem tem mais direito. Não existem juízes para verificar suas razões.

Do mesmo jeito que eu sentia tudo aquilo, alguém ao meu lado tinha as próprias preocupações, algo que eu estava longe de saber. Claro que ia me preocupar com meu pai doente, não com os outros milhares de pais e mães doentes do mundo, por mais simpatia que eu tivesse por eles. No entanto, pensar nisso, em todas essas histórias, me deu uma sensação incrível de que eu era um ser humano como qualquer outro, vivendo no mundo, compartilhando emoções iguais.

Prestar atenção às coisas que aconteciam ao meu lado, em vez de só pensar para dentro de mim, era um alívio, um tipo diferente de liberdade. Saber que eu poderia simplesmente escolher fazer isso, por mais difícil que fosse, parecia suavizar todo o peso que me atormentava. E a culpa que eu sentia por estar chateado, com medo do futuro e reclamando como um chato, foi diminuindo. Entender minha posição no mundo não me impedia de estar triste, me permitia um pouco de desânimo.

Levantei e fui andando de volta para a casa. Caminhei por uma rua escura de pedra, entrei pela porta dos fundos e peguei uma mangueira para limpar a areia e o barro dos meus pés. Estavam todos ali, tocando violão e cantando. Estavam todos ali, e eu os via. Mais importante, talvez, começava a me ver também.

15

— O menino pergunta: "O que eu vou ser quando crescer, professor?". — A plateia ficou em silêncio e o apresentador continuou: — "Nada", diz o professor, "você tem câncer!".

Todos no auditório fizeram um *uuuuuh* seguido de uma gargalhada. Eu estava no sofá, vendo televisão ao lado do meu pai, e fiquei imóvel. Não tínhamos trocado muitas palavras até ali, mas aquela tentativa de piada pareceu borrifar uma dose cavalar de desconforto sobre nós.

Permanecemos quietos. O programa avançou com sua "batalha de piadas politicamente incorretas", como era nomeado o quadro, e continuamos assistindo. Para falar a verdade, nem sei se meu pai prestava atenção, porque passeava entre longos cochilos e aberturas de olhos para trocar de canal. Mesmo assim, eu não perguntaria se ele tinha escutado o comentário, já que, na melhor das hipóteses, ele diria que não e eu teria que inventar uma piada de última hora para substituir aquela.

Era uma tarde cinzenta de janeiro, estávamos sozinhos em casa e não tínhamos plano algum. Minhas únicas obrigações eram ajudar na sessão de fisioterapia e arranjar um almoço. Liguei para o boteco perto de casa e pedi dois pratos de macarrão. Assim, seria só chegar lá, pagar e ir embora. Mesmo que meu pai ficasse sozinho às vezes e não reclamasse nem um pouco, nós evitávamos. Minha mãe, minha irmã e eu nunca falamos especificamente sobre isso, porém era claro que alguém precisava estar sempre com ele. Portanto, a ideia era não demorar mais que dez minutos para pegar nosso almoço.

— Cuidado pra não se perder — disse meu pai.

O lugar era na rua de baixo. Desci as escadas do prédio e fui andando rápido, mas tentando não parecer desesperado. Era um pouco confuso para mim não querer deixar meu pai, um homem de cinquenta e seis anos, sozinho em casa. Tentei focar outra coisa, e logo me lembrei de novo da piada no programa de tevê.

Aquilo me incomodou de um jeito estranho, não sabia o que era. Não me sentia ofendido pela piada com câncer; parecia algo diferente, indefinido, um tipo de mal-estar sem explicação que ficava cutucando a mente sem parar. Talvez fosse só o fato de meu pai estar ao meu lado, de termos ouvido juntos. O tema central da nossa vida, o elefante guardado no armário que queríamos esquecer trazido para o meio da sala.

Cheguei ao boteco e vi que o pedido já estava em cima do balcão. Enquanto pagava, notei um grupo de homens vestidos de camisa social e gravata em uma mesa, dividindo comida em bandejas ovais de metal. Eles falavam alto e gargalhavam com os comentários que cada um fazia. Era o que faltou no programa de tevê: graça.

Não havia rido da piada simplesmente porque não era engraçada para mim. Ao contrário, era sem noção, rasa, mal pensada. Sempre fui vidrado em comédia, assistia a filmes e séries, cultuava humoristas, lia quadrinhos, revistas de humor. Aquela piada ruim, então, soava mais ou menos como uma banda destruindo uma música dos Beatles. Fiquei perturbado por isso porque, pensei já quando chegava em casa, eu daria tudo para ouvir uma boa piada sobre câncer, uma piada sobre câncer que me fizesse gargalhar.

A mesa da cozinha estava posta e meu pai continuava na sala vendo um programa esportivo.

— Você pôs a mesa?

Ele me olhou fazendo uma cara de ingênuo.

— Eu? Não, liguei pra um pessoal vir pôr.

A pergunta era mais um tipo de espanto por ele ter posto a mesa em tão pouco tempo, uma vez que pegar o almoço devia ter me levado, como eu previa, uns dez minutos. A invertida era justa, no entanto.

— Ficou ótimo. Belo trabalho eles fizeram — respondi. — Pode vir, se não esfria.

Meu pai levantou do sofá apoiando-se no andador e veio andando tranquilamente, já acostumado com a bota ortopédica e seu novo ritmo. Virou a cadeira para si com uma das mãos e sentou. Peguei as sacolas de cima da mesa, coloquei na pia e comecei a preparar um suco artificial de tangerina.

Deixei a jarra com o líquido laranja fosforescente ao lado do meu pai e peguei seu prato. Ia servir o macarrão na bancada da pia, pois eu continuava com a mesma habilidade para manusear massas com molho que eu tinha aos sete anos de idade. Servi seu prato, ralei um punhado de queijo por cima e entreguei para ele. Peguei o meu e voltei à pia.

De costas para a mesa, comecei a ouvir o tilintar do garfo no prato, que foi aumentando a intensidade: *tim, tim, tim, tintintim*. Larguei o ralador e me virei para trás. Meu pai estava esparramado na cadeira, tronco e pescoço balançando. Seu braço tremia vigorosamente, agora batendo com força no prato. Soltei tudo o que eu ainda tinha nas mãos e o agarrei num pulo. Ele estava assustado, com medo, eu podia ver.

Afastei a jarra de suco, que chacoalhava em cima da mesa. Sua perna com vida chutava as vigas, sua mão agarrava a toalha, tudo na cozinha parecia tremer. Eu torcia para acabar rápido, precisava que acabasse. Estávamos de frente para a parede, ele sentado e eu atrás, abraçando-o, como um casaco cobrindo os ombros, com o nariz no seu pescoço e os braços envolvendo seu peito. Tentei dizer "calma", mas não sei se disse. O negócio foi parando, seu corpo foi deixando de se mexer, e eu fui afrouxando o abraço. Levantei, ainda com a mão no seu ombro.

— Tudo bem? — perguntei.

Ele não respondeu. Dei dois tapinhas nas suas costas.

— Tudo bem — falei.

Peguei meu prato na pia e sentei.

— Como eu faço com uma coisa dessa? — Ele finalmente disse.

Era um desabafo, não uma pergunta.

— E se eu tiver isso no trabalho? — continuou.

De novo, fiquei calado.

— Obrigado — agradeceu.

Eu disse que não era nada e voltamos a comer. Ele, suando, acelerado. Eu, com medo, considerando que aquilo poderia se tornar comum. Depois pensei que, se eu tivesse demorado um pouco mais para pegar a comida na rua, ele passaria por aquilo sozinho. E se eu voltasse para casa e o encontrasse estirado no chão? E se ele tivesse tentado ir ao banheiro e caísse? E se voltasse e o encontrasse morto?

Eu lembrava de ter escrito uma crônica cujo tema era humor em situações difíceis, mas não conseguia encontrá-la. Sabia que a havia feito três ou quatro anos antes, à mão, em algum caderno, com base em uma entrevista na qual alguém tinha dito que "o humorista tem a missão de vasculhar seus maiores medos". A ideia me parecera interessante e aquilo acabara dando em uma crônica, porém minha desorganização me impedia de chegar até ela.

Queria entregá-la para meu pai e ver o que ele achava. Não precisávamos debater o tema efetivamente, talvez eu só quisesse mostrar algo que escrevera, algo que voltasse a fazer sentido para mim naquele momento. Ele poderia dizer qualquer coisa, uma palavra ou milhares, não importava muito.

Dezenas de cadernos e um mundaréu de folhas estavam espalhados pelo meu quarto e nos armários da área de serviço. Havia materiais também em caixas, gavetas, mochilas velhas. Vasculhar tudo me tomaria dias, ainda mais pela falta de identificação naquela tralha. Não havia adesivos, indicações do conteúdo de cada coisa, nada. Eram apenas cadernos e folhas normais, e eu precisaria olhar um por um, página por página.

Primeiro separei um arquivo antigo e uma dúzia de pastas carregadas, quase estourando. Peguei um saco de lixo e fui me livrando das papeladas inúteis, desenhos de quando éramos crianças, trabalhos escolares da minha irmã, histórias sem pé nem cabeça que eu fazia. A crônica parecia cada vez mais perdida.

Com a terceira convulsão do meu pai, no dia anterior, todo o negócio do programa de tevê e da piada ruim parecia mais vivo. Eu queria que ele ficasse feliz, que desse risada. Achava que minha crônica, por mais que não me lembrasse muito bem dela, pudesse ser otimista em algum aspecto ou mesmo engraçada, o que seria suficiente para mim.

Naquela manhã, eu havia recebido um *e-mail* me chamando para uma entrevista de emprego. Mandava currículo para tantas empresas que não sabia direito do que se tratava, mas fiquei animado. Mais tarde, minha mãe disse que meu pai não iria mais para o trabalho e que sua vidraçaria provavelmente seria vendida. Senti falta de ar.

Por fim, não encontrei a crônica à tarde e, no dia seguinte, não a procurei. Fiz a entrevista no começo da noite e recebi um telefonema quando ainda estava na rua confirmando que eu havia passado. Cheguei em casa e todos estavam me esperando.

— Como foi? — perguntou minha mãe.

— Foi bom. Passei — respondi.

— Passou? — exclamou minha irmã, levantando e espalmando a mão para eu bater.

— Que bom, filho! Começa quando? — continuou minha mãe.

— Semana que vem, segunda.

— Parabéns! — disse ela.

— Parabéns, cara — falou meu pai, sorrindo

— Valeu, valeu — agradeci, encabulado.

Andei até a cozinha para pegar um copo d'água como desculpa para fugir do bombardeio de perguntas. Minha mãe veio atrás e me deu um abraço e um beijo.

— Você merece — sussurrou.

Sorri.

— Não precisa se preocupar com nada, tá? Eu tô falando com suas tias e a gente tá vendo um cuidador pra ficar com ele.

— Como assim?

— Uma pessoa pra ficar aqui de tarde, pra ele não ficar sozinho.

— Hum... — Era a única resposta que poderia dar. Eu não estaria mais em casa todos os dias e meu pai precisava de uma babá. — Parece bom — continuei. Com certeza soava como quem diz "parece horrível".

— Vai ajudar a gente — disse minha mãe com calma.

— Sim, eu sei.

— Sua irmã já começou a entrevistar os candidatos.

Realmente era a cara dela fazer isso. Dei um beijo na minha mãe, peguei o copo d'água e fui para meu quarto. Deitei na cama de barriga para baixo e, sem aviso prévio do meu cérebro, comecei a chorar. Não queria fazer barulho, então enfiei a cara no travesseiro. Chorei muito, como não fazia desde a infância. Na verdade, nem lembrava se tinha chorado daquele jeito alguma vez. As lágrimas desciam sem esforço, grossas e rápidas. Pareciam vir não só dos olhos, mas também do nariz, da boca. Meu rosto estava todo molhado, eu sentia o gosto salgado nos lábios e na língua.

Foi bom. Nem tudo precisava ser engraçado, certas coisas obviamente não eram, e não havia problema algum nisso. No entanto, logo achei aquilo patético, cômico, e comecei a rir. Rir e chorar ao mesmo tempo. De tristeza e de alegria. De como as coisas acontecem e não importa se a gente quer ou não, se está preparado ou não. De como, às vezes, é possível rir e chorar pelo mesmo motivo.

16

O cuidador viria todos os dias de semana, em horário comercial, mas apareceu primeiro em um sábado para se apresentar e quebrar o gelo. Mesmo assim, chegou todo de branco, dos pés à cabeça: sapatos, calça, cinto, camisa polo. Ele era baixo, mas parecia forte. Usava óculos esportivos, tinha cabelos besuntados em gel, barba por fazer e uma pinta do tamanho de uma moeda na bochecha. Falava rápido e parecia variar entre muito animado e um pouco desconfiado.

Meu pai estava na mesa da cozinha, comendo mexerica, e ele sentou ao seu lado. Dividiram a primeira fruta e depois outra.

— Podia comer umas cinquenta dessas, é bom demais.

Meu pai achou curioso todo aquele amor e o apelidou de Mexerica.

— Da hora — disse o Mexerica.

Na realidade, ele era apaixonado por comida em geral, apreciador voraz do que pintasse, como foi se revelando mais tarde, mas o apelido já tinha sido dado e ficou.

Meu pai não perdeu tempo e quis saber algo crucial, uma informação que provavelmente minha irmã tinha deixado de perguntar quando escolhia o cuidador.

— Ô, Mexerica, cê joga dominó?

Ele respondeu que sim, claro. Qualquer pessoa sabe juntar o três no três, o cinco no cinco. Isso é saber jogar dominó para a maioria da população, não aquelas contas, estratégias e psicologias de guerra a que meu pai estava acostumado. De qualquer jeito, deu certo. Eu era sempre o primeiro a chegar em casa no fim da tarde e os dois estavam ou vendo televisão, ou tendo um papo filosófico sobre nada, ou jogando dominó. Era gente boa o Mexerica.

E, sinceramente, eu gostava de poder ficar longe, de não ter que passar vinte e quatro horas por dia em casa. Sair com um propósito parecia diminuir um pouco a culpa que eu tinha em simplesmente sair para dar uma volta. Eu precisava ir trabalhar e nada podia ser feito. Não parecia mais uma fuga, embora no fundo eu soubesse que, pelo menos um pouco, era.

O fato de eu odiar meu trabalho também contribuía para eu pensar assim. Mesmo com uma semana desde o início, já fazia as contas até as férias, pensava em quanto dinheiro era preciso juntar para pedir demissão, ponderava qual era o mínimo aceitável para ficar em uma empresa e sair sem entrar no livro dos recordes. Passava o dia sentado em frente a um computador, ao lado de um galão de água que fazia *glub* de meia em meia hora, escrevendo frases estúpidas sobre algum produto inútil.

Participava de reuniões em que não abria a boca e ouvia pessoas debaterem entusiasmadas sobre assuntos absolutamente entediantes. Tudo isso com o pensamento constante de estar desperdiçando tempo, colocando de lado vontades, fechando a mente, perdendo oportunidades, indo na direção oposta de onde eu queria estar, sem fazer nada contra isso. Eu me sentia como um traidor de mim mesmo. Havia abandonado o sonho de escrever filmes, criar programas de televisão, desenvolver os próprios projetos. Essas ideias não faziam mais sentido, pareciam juvenis, ingênuas. Eu precisava apenas de um emprego, ganhar meu dinheiro, crescer, ser alguém, e todas aquelas coisas que falam para a gente ser.

A passagem dos dias ia fazendo com que meu desânimo fosse mais aparente. Devia parecer um zumbi quando cheguei em casa e meu pai me olhou como quem tenta decifrar um quebra-cabeça. Perguntou se estava tudo bem e eu respondi que sim, sem alongamentos. Ele e o Mexerica jogavam dominó na mesa da sala. Ou já haviam jogado e só conversavam, com as peças ainda espalhadas.

— Perdi todas, cê é louco — disse o Mexerica, já arrumando sua mochila para ir embora.

Minha mãe e minha irmã chegaram na mesma hora, juntas.

— É o Pelé do dominó! — continuou o cuidador, introduzindo as duas no assunto.

Meu pai não falou nada, mas pareceu gostar da bajulação. Ficamos os cinco em um momento de silêncio, frases de elevador presas na garganta. O Mexerica finalmente soltou a dele:

— Bom, vou nessa. — Despediu-se e saiu.

Minha irmã ajudou meu pai a ir até o quarto e disse que faria a fisioterapia da noite, para meu alívio. Minha mãe foi até a cozinha para fuçar a geladeira, e eu sentei à mesa do dominó. Depois de tantos anos, continuava a ser um jogo besta para mim, aquela maletinha de couro com paredes de feltro, as peças brancas feito leite com adereços dourados. Só para juntar números iguais? Fazer o cálculo das probabilidades? Qual a graça nisso?

— Tudo bem? — Minha mãe repetiu a pergunta que meu pai tinha feito momentos antes.

— Tudo — repeti a resposta.

Acho que não precisaria ser minha mãe, boa leitora de mentes como qualquer outra mãe, para perceber que não estava tudo bem. Era ela, de qualquer jeito.

— E? — prosseguiu.

— E nada. E você? Tudo bem?

— Hum… tudo indo. Quer pedir *pizza*? A geladeira tá vazia.

— Pode ser. Tem que ver com eles — apontei para o quarto, de onde era possível ouvir minha irmã contando as séries de doze, dez e oito repetições de exercícios.

— Pega o papelzinho ali na gaveta e escolhe o sabor. Aí cê liga enquanto eu vou tomar banho. E o trabalho?

Não respondi de primeira. Ela enfim tinha chegado ao assunto que queria, usado a peça guardada desde o início do jogo.

— Normal — falei. — Sei lá, meio chato.

— É? Chato como? O trabalho, as pessoas?

— As pessoas são normais, não falo com muita gente. — Dei de ombros. — São legais, sim.

Minha mãe não continuou.

— O pessoal é tranquilo, conversa e tal — finalizei, com medo de parecer que o problema era outro e mandar a conversa para um rumo diferente.

— Hum... o problema é o trabalho, então? — perguntou ela, sentando ao meu lado.

— É, não sei, tá no começo, mas não faço muito, fico lá escrevendo umas paradas nada a ver, umas coisas que um robô poderia escrever, sabe?

— Muito fechadão? Será que não dá pra mudar de área?

— Minha área é meio que a mais legal, pelo menos pra mim — disse, acentuando o "legal". — O resto é programador, TI, essas coisas de que não manjo nada.

— Sei. Dá um tempinho, vê se melhora.

— É.

Não sabia mais o que dizer, tinha certeza de que não ia melhorar, mas não queria ficar batendo na mesma tecla, entrar em um debate inútil e parecer uma criança mimada que não gosta de nada.

— Continua procurando enquanto isso, vai que surge outra coisa — aconselhou minha mãe.

Concordei com a cabeça.

— Eu também passei por isso. Demorei pra encontrar meu lugar. Sabia que comecei fazendo uns bicos de professora particular pra uns moleques do meu bairro, trabalhei numa sapataria, num banco? Esse foi o mais difícil pra mim....

— Banco? Cê disse que era péssima em matemática.

— Era, não, sou. Mas foi o que deu, é normal, eu tinha vinte anos, fui levando. Seria difícil conseguir o que eu queria assim, de cara. E às vezes a gente vai pra um lado que nem esperava, fica um tempo, acaba até gostando.

— Até gostando — repeti.

— É. Você não precisa amar tudo de paixão, ser o melhor naquilo, mudar o mundo. Você pode se adaptar, usar o seu melhor onde você tá.

Não falei nada, só mexi algumas peças em cima da mesa.

— O que eu tô tentando dizer é que você acabou de sair da faculdade, tem muito o que viver e aprender. Difícil achar o emprego dos sonhos logo de cara. Se você não sabe direito aonde quer chegar, vai indo, ué. Não é nada especial isso, é bem normal na verdade.

— Eu sei, é só meio agoniante.

Eu sabia mesmo, mas aquele era um tapa na cara de normalidade. Minha mãe dizendo o contrário do que as mães de filme falavam para seus filhos, que eu não era especial, foi o banho de realidade que eu precisava naquele momento. Ter a noção exata de que eu era um jovem normal, passando por problemas normais, foi tão óbvio quanto juntar o três no três, mas eu não tinha feito isso até então. Minha mãe acariciou meu joelho.

— Qualquer coisa você sai, não é o fim do mundo. Não dá pra insistir na mesma coisa pra sempre também.

Baixei a cabeça. Ficamos quietos um pouco. Tudo parecia fácil de uma forma ao mesmo tempo banal e assustadora. Toda aquela pressão de "dar certo" tomava contornos quase patéticos. Afinal, o que era "dar certo"?

— Quero de atum — falou ela, saindo para pegar sua toalha no varal e ir tomar banho.

No fim de semana seguinte, meu pai começou a dar os primeiros sinais de confusão. Acordou às nove e meia e disse que queria ir assistir ao jogo de futebol da sua turma, que era e sempre tinha sido às oito. Quando eu falei que não dava mais tempo, ele ficou bravo, garantiu que dava, esbravejou que eu não queria ir, que estava mentindo, e se fechou por alguns minutos.

Essa foi outra mudança. Antes, quando se irritava, geralmente ficava sem falar por muito mais tempo, até por semanas, dependendo do acontecido. Depois da doença e sobretudo com o passar dela, pareceu ir esquecendo as revoltas e voltava ao normal muito mais rápido.

Após entender que não iríamos ao futebol, sugeriu um passeio no centro da cidade, de metrô. Falei que também não dava, tentando explicar o passo a passo de tudo, como seria cansativo, a possibilidade de o trem estar cheio, de começar a chover no meio do caminho, de sua bota prender em um bloco de concreto solto na Praça da Sé.

— Eu consigo — insistiu.

— Eu sei que consegue — menti.

Repeti que não seria possível. Pensei por um momento em tentar, já que com certeza desistiríamos antes de chegar ao fim da rua e eu não sairia como o vilão da história. Só que seria duro para meu pai, ele veria que aquele "Eu consigo", apesar de existir na sua cabeça, não existia na vida real, e isso o derrubaria ainda mais.

Na mesma noite, quando eu dormia um sono leve que se tornara hábito, ouvi uma batida abafada vindo do quarto dos meus pais. Abri os olhos no escuro e esperei. Alguns ruídos e então a voz da minha mãe pedindo ajuda. Levantei como se meu quarto pegasse fogo, em um segundo saí da cama. Minha mãe e meu pai estavam no banheiro, ela ao lado da pia e ele sentado no chão em frente à privada, as calças arriadas até os pés.

— Ele queria ir no banheiro e caiu, não tenho força pra ajudar — disse minha mãe.

Eu me esgueirei entre a pia e meu pai, ficando atrás dele e posicionando minhas pernas ao seu redor. Puxei-o pelos sovacos e, em uma içada firme, ele se colocou de pé. Desci com calma seu corpo até o vaso enquanto minha mãe observava e ele olhava para os azulejos do chão, envergonhado.

— Obrigada — agradeceu minha mãe. — Pode deixar comigo agora, vai dormir.

Troquei de lugar com ela e fui saindo. As imagens pareciam colagens, borrões. Não via nada claramente, parecia o fragmento de um sonho esquisito. Na porta, um desses borrões apareceu para mim e grudou na minha mente: o braço do meu pai curvado para dentro, a mão em garra, os dedos se fechando.

17

Em concertos ao vivo, as bandas costumam iniciar com alguns *hits* para levantar o público, seguir com músicas menos conhecidas, canções de álbuns novos ou composições acústicas e então fechar tocando os maiores sucessos. Em uma decisão por pênaltis no futebol, é comum os melhores batedores serem o primeiro e o último. No cinema, algo grande acontece até os vinte minutos do filme e o fim fica reservado para o clímax.

Esse movimento circular parece ser uma constante na vida. Talvez tenha algo a ver com fechamentos, ligar uma ponta à outra. É possível que a gente precise criar esses ciclos, abrir e fechar histórias, sair de um lugar e chegar a algum lugar, sem ficar perdido por aí, flutuando. Para mim, o círculo da doença do meu pai dava a curva final para finalmente se fechar.

Era a música mais famosa para encerrar o *show*, o camisa dez batendo o pênalti do título, a revelação antes de os créditos invadirem a tela. No caso, não parecia ser um encerramento muito bom. Às vezes, a música está baixa e a banda acelerando, o craque dá um chute na arquibancada, o clímax é péssimo. O câncer do meu pai tinha voltado, como uma reprise de meses atrás, eu tinha certeza.

Mesmo antes de chegarem do médico com a confirmação, eu sabia. Imagino que todos soubessem também. Aquela queda no banheiro, seu braço sem vida, as graduais mudanças de humor, percepção, comportamento, aparência.

Uma por uma, as peças do dominó iam caindo e empurrando as outras.

— Brinquedos novos — disse meu pai quando voltou para casa, acompanhado da minha mãe e da minha irmã.

Ele se escorava em uma bengala de quatro apoios e vestia, no ombro oposto, algo parecido com uma roupa de surfista, uma espécie de manga emborrachada que mantinha sua postura ereta. Mesmo assim, o braço ruim puxava o peso do corpo para baixo, deixando o tronco levemente caído.

Tirei as almofadas do sofá para ele se sentar, enquanto minha mãe e minha irmã entravam em seus quartos. Eu queria saber exatamente o que tinham falado, os próximos passos e tudo de novo que teríamos de fazer, só que não perguntei. Vi como ele puxava o braço ruim com o bom, colocando-o no seu colo.

— Precisa de físio pro braço? — arrisquei.

— Sim.

Cocei o queixo.

— Igual à perna, né? Esticar, mexer de um lado pro outro, coisas assim... — comentei.

— Que dia é hoje? — perguntou ele. — Da semana?

— Domingo.

— Será que ela vem hoje?

— Quem?

— A físio. Ela veio ontem?

— Ela vem segunda, quarta e sexta, pai. Vem amanhã.

— Hum... verdade. Vai fazer no braço e na perna, aí você aprende.

Eu não estaria em casa, mas não disse nada. Minha mãe voltou para a sala e perguntei sobre a consulta no médico. Ela disse que agora não dava mais para operar, era preciso retomar os tratamentos e continuar fazendo a fisioterapia. As sessões começariam em dois dias.

Sempre que eu voltava para casa, no fim do dia, meu pai parecia um pouco pior. A doença avançava mais rápido e os tratamentos o debilitavam ainda mais dessa vez. O que havia começado com ele sentado no chão do banheiro, depois de perder o controle do braço e não conseguir se apoiar na pia, continuava em ritmo frenético, como um fiapo em uma camiseta que, ao ser puxado, vai descosturando toda a roupa.

Ele já não era o mesmo. Fisicamente, mudara muito, lembrava uma versão do que havia sido. Mentalmente, tinha momentos de confusão e de um cansaço estranho, que o tiravam da realidade. Vez ou outra, no entanto, alguma luz interna se acendia e ele voltava a conversar e pensar como se nada houvesse acontecido.

O braço continuava repleto de hematomas arroxeados, azulados e esverdeados. As pernas estavam finíssimas, quase no osso, mas a barriga tinha crescido, uma bola que não pertencia àquele corpo. O rosto andava inchado por causa dos remédios, bochechas gordas e queixo arredondado. Os cabelos caíam mais a cada semana, e sua cabeça ficava com um formato esquisito, como se várias partes de diferentes cabeças estivessem unidas. A única coisa que permanecia intacta eram seus olhos, verde-água.

Minha mãe, minha irmã e eu seguíamos o mesmo caminho de certa maneira. Estávamos abatidos, fazíamos as coisas automaticamente e falávamos pouco uns com os outros. Foram momentos de entorpecimento geral, de apatia crescente. Meus dias no trabalho e em casa eram repetições que iam se tornando ligeiramente piores com o passar do tempo.

Em um desses momentos torturantes, empacado em uma planilha qualquer, vendo o relógio do computador andar e checando *e-mails*, meu celular vibrou com uma mensagem da minha irmã: "Vc tem chave? Hoje é a operação, vamos estar no hospital quando vc voltar".

Li duas vezes, e era isso mesmo que dizia o recado. Não me lembrava de nenhuma operação. Enviei um "?", ao estilo das mensagens do meu pai. Ela começou a digitar, ficou um tempo mais que o necessário teclando e mandou um também sucinto "cateter". Tentei buscar na memória alguma coisa, mas nada chegava perto, então respondi: "Que cateter?".

Minha irmã cansou de brincar de charadas e explicou. Os braços do meu pai não aguentavam mais as agulhas e iam colocar um cateter subcutâneo na altura do peito, com acesso fácil a uma veia. Seria um procedimento simples, de uma só noite no hospital. "Acho que entendi", mandei, e no mesmo momento ela enviou duas imagens.

A primeira era o desenho de um tórax com um pequeno aparelho oval acoplado em cima do mamilo; havia setas e descrições em inglês, como *"blood vessel"*, *"skin"*, *"catheter"* e outras coisas mais compridas. A segunda imagem, também um desenho, se dividia em três e mostrava o passo a passo de como o remédio era aplicado e para onde ele ia. Seria mais ou menos uma entrada USB para medicamentos que meu pai carregaria consigo.

Só fui ao hospital no dia seguinte, um pouco antes da alta. A cena já batida, com minha mãe e minha irmã no sofá e meu pai na cama de camisola azul-clara, ia se fixando no meu cérebro. Puxei o tecido fino da roupa de hospital e ali estava o pequeno calombo, um pouco diferente do que eu imaginava. Era perceptível, mas bastante sutil. Ao mesmo tempo, tinha algo daquelas cicatrizes que as estrelas de filmes de faroeste têm no rosto, um ar estranhamente corajoso. De alguma forma, aquilo não era mais um agravante da doença, ia na direção oposta. Imaginei que o cateter subcutâneo (até o nome do negócio era *rock and roll*) fosse diminuir os problemas, porém, na noite seguinte, três acontecimentos tiraram essa ideia da minha cabeça.

Cheguei mais cedo que o habitual e fui para meu quarto enquanto meu pai jogava dominó com o Mexerica. A luz que ainda restava antes de anoitecer entrava pelos pequenos furos da persiana e fazia um desenho pontilhado em cima do lençol. Deitei e fechei os olhos. Dormi. Ainda tomado pelo sono, comecei a ouvir barulhos, vozes que foram me tirando daquele estado e me arremessando de volta ao mundo. Era meu pai gritando.

Corri para a cozinha e o encontrei sozinho, sentado com a cabeça baixa e com os acessórios das lentes de contato em cima da mesa.

— Não tá ouvindo eu chamar? — berrou. — Tô chamando faz tempo!

Gaguejei sem dizer nada concreto.

— Cê acha que é fácil pra mim? Não é! Não é nem um pouco fácil! Tô aqui sozinho há horas e você nem pra me ajudar?

— Eu não ouvi.

Um dos seus olhos estava totalmente vermelho. O braço paralisado tremia de leve enquanto ele gritava e uma veia, bem perto da têmpora, pulsava.

— Não ouviu?! Tô chamando faz tempo! Cê acha que é fácil? Não é fácil, não! Não tá fácil, não!

— Eu sei, eu sei.

Balbuciei mais algumas palavras e fiquei ali parado. Meu pai tinha um problema na vista que o obrigava a usar lentes de contato para enxergar direito, por isso sempre usou umas grossas, de material rígido. Era algo absolutamente banal, não exigia atenção alguma, passava batido para nós até aquele momento. Com a perda de um dos braços, porém, tirar as lentes havia se tornado uma tarefa tão fácil quanto escalar o Monte Everest de patins.

— Espera um pouco. Seu olho já tá muito vermelho. Vamos esperar uma meia hora e depois a gente tenta mais uma vez — falei.

Ele não respondeu, apenas continuou puxando as pálpebras. Sentei ao seu lado e lhe pedi que me deixasse ver. Uma linha escura apareceu bem embaixo de um dos olhos, dando a impressão de que a lente estava totalmente fora de lugar, quase enfiada do outro lado do globo ocular.

— Não se mexe — orientei, enquanto tentava pingar colírio.

Na hora exata de a gota cair, seu olho se fechava ou então sua cabeça sacudia.

— Fecha o olho — falei. — Empurra a lente por dentro, com o dedo.

— Desculpa — disse ele de olhos fechados.

— Tudo bem — respondi. — Vai, pode empurrar, até ir pro meio.

Vi que havia alguma movimentação ali dentro, a lente aparentemente voltava deslizando de baixo para o centro, e lhe pedi que fizesse a manobra anterior outra vez. No momento em que repetiu o gesto e puxou a pálpebra, o vidrinho pulou do globo vermelho e caiu em cima da toalha. Eu me virei sorrindo, e ele sorriu de volta.

Mais tarde, quando todos já estavam em casa, fui ao sofá da sala e comecei a jogar um daqueles jogos bobos de celular cujo objetivo é juntar cores iguais para destruir tijolos de *marshmallow* e conquistar prêmios que não servem para nada. Meu pai apareceu pouco depois, arrastando a bengala nova e balançando o braço embrulhado na roupa de surfista.

— Que que é isso aí?

— Um joguinho. Quer tentar?

Ele sentou ao meu lado e eu lhe passei o celular.

— Só tem que juntar as cores só — expliquei.

Sua primeira tentativa foi errada. Fiquei quieto. Mais uma jogada, dessa vez do outro lado da tela, novamente falha. Aproximei o celular do seu rosto, sem falar nada. Ele jogou outra vez, mexendo duas peças aleatórias e insistindo nelas, até eu precisar dizer que não estava certo. Mostrei uma possibilidade de movimento correto, e ele fez sem problemas, mas logo voltou a tentar combinar o roxo com o laranja, como se alguma hora aquilo fosse funcionar.

— Meio lixo esse jogo — falei.

— É — concordou ele, devolvendo o celular para mim.

Fomos jantar e eu fiquei quieto o tempo todo, destruído por aquela imagem dos tijolinhos diferentes indo e voltando na tela do telefone. Como seria seu jogo de dominó todas as tardes? Será que era algo daquele momento específico ou ele já não conseguia mais jogar seu jogo preferido? Meu pai quebrou o silêncio dizendo que precisava ir ao banheiro. E logo outra imagem se juntou àquela. Vi suas pernas tremendo, sua bermuda escurecer e o líquido descer por suas canelas e molhar o chão.

18

Uma camada grossa de poeira cobria as três caixas grandes, maiores do que eu, se empilhadas uma em cima da outra. A busca pela crônica continuava, ainda mais depois dos acontecimentos recentes, e aquelas caixas, encontradas no fundo de um depósito na casa da minha avó, eram a última esperança.

Eu sabia que alguns cadernos foram parar lá depois de uma arrumação em casa, então as chances de eu achar o que procurava eram razoáveis. A primeira caixa, no entanto, só tinha livros de receitas e páginas arrancadas de revistas. Na segunda, havia algumas pastas com desenhos meus, da minha irmã e dos meus primos, nada que valesse a pena estar em uma caixa juntando pó e atraindo traças e baratas.

Abri a última esperando encontrar meu tesouro escondido, a crônica que eu queria e mais uma porção de outras geniais que nem lembrava um dia ter escrito, mas eram só coisas da minha avó: folhas com orações, papéis da igreja, fotografias antigas, jogos de loteria que não deram em nada e diversos cadernos, todos etiquetados com a informação dos seus conteúdos.

Peguei uma pilha maltratada, unida por um elástico. A etiqueta dizia "Cadernos de citações", e, embaixo de cada um, os temas. Eram seis cadernos: "Amor", "Engraçado", "Coisas bonitas", "Frases de filmes", "Amizade" e "Morte". Puxei o "Morte" e comecei a folhear. Eram citações escritas à mão por ela, com o nome do autor e, às vezes, o ano em que aquilo havia sido dito ou escrito.

Uma das frases, porém, não vinha com informação alguma. Escrita em letra cursiva, com caneta roxa, li: "E depois, morrer não é nada, é terminar de nascer". Era bonita, reconfortante. Digitei as palavras no celular e vi que eram de uma peça escrita por Cyrano de Bergerac, francês que viveu de 1619 a 1655 e tinha como principal característica, segundo os primeiros *sites* da minha pesquisa, um nariz enorme.

Deixei a página com a frase salva no telefone e devolvi tudo para as respectivas caixas antes que minha alergia piorasse. Eu já não tinha tanta certeza de que queria achar aquela crônica. Ela poderia ser terrível, não corresponder a nenhuma das minhas expectativas. Pior, talvez eu adorasse e meu pai achasse um lixo ou nem entendesse nada.

Voltei da minha avó a pé, considerando essas possibilidades e refletindo sobre a frase do caderno de citações. Eu havia aberto somente o "Morte", nenhum outro. Era um tema que me interessava desde criança, mas agora parecia tomar uma força diferente, maior. Lembro de ficar perguntando para meus pais sobre personagens totalmente irrelevantes que morriam em seriados. Queria saber o que havia acontecido, para onde o sujeito que levara um tiro no meio de uma cena de guerra tinha ido.

Tragédias mundiais me geravam esse tipo de sentimento também. Ia atrás da lista de mortos em um acidente aéreo, pesquisava os nomes, profissões, esposas, maridos, filhos. Eu me pegava constantemente pensando na minha morte, no meu velório, no meu enterro, quem ia estar lá, se haveria discursos, quais pessoas chorariam mais. Imaginava o dia da morte dos meus familiares, o que eu sentiria. Praticamente todas as vezes que alguém não chegava em casa na hora certa ou que não atendia o telefone, a cena da polícia ligando invadia minha cabeça, por mais que eu tentasse afastá-la.

Agora, porém, não era ficção, nem um figurante de filme ou alguém da Chechênia morto em um avião. Por mais que pessoas conhecidas já tivessem morrido, a proximidade era real, quase como se fosse eu.

Na esquina de casa, um pequeno quiosque de churros estava sendo inaugurado, com balões de gás, faixas e funcionários distribuindo amostras grátis. O bairro ia mudando, da mesma forma que tudo muda, quer você queira, quer não. Peguei um canudo coberto de doce de leite e granulados, que pareceu estar estragado no momento em que comi. Era muito doce, tinha consistência borrachuda e parecia um chiclete velho dentro da boca. Quando cheguei, meu pai tirava um cochilo no sofá, minha mãe estava na cozinha organizando prateleiras e minha irmã havia saído. Caminhei até a janela da sala e fechei um pouco o vidro.

Ao lado, ficavam todos os porta-retratos da casa, em cima de um móvel comprido. Nós na praia, nas formaturas do colégio, jantando em um restaurante, no batizado de alguém da família. Peguei uma foto minha com meu pai, no campinho do Recanto das Seriemas, os dois sem camisa pisando na bola com pose de jogador. Entendi que aqueles porta-retratos, apenas lembranças de momentos, se tornariam lembranças de alguém.

Eu devia ter uns dez ou onze anos. Era um sábado comum, a não ser pelo fato de meu pai ter me acordado às cinco da manhã. Normalmente, os planos para redescobrir pontos de São Paulo que fizeram parte da sua infância começavam um pouco depois, lá pelas sete e meia, oito horas. Ele me acordou e me mandou colocar uma roupa enquanto puxava a cortina para revelar o céu ainda preto.

Saímos de casa por volta das seis da manhã e rodamos mais de uma hora no carro, o que eu achei estranho, já que na maioria das vezes nossas aventuras eram feitas a pé, de ônibus ou de metrô. Não tinha ideia nem da zona da cidade em que fomos parar, muito menos do bairro, mas percebi que era uma região um pouco mais pobre, com casebres, fábricas e lojas populares.

Estacionamos em uma rua completamente vazia e silenciosa, cheia de casinhas. O sol saía envergonhado, quase como se desse as caras somente por obrigação, quando começamos a andar. Estava muito quieto, parecia um local abandonado. Eu não sabia aonde íamos, não parecia haver ninguém vivo em todo o quarteirão. Meu pai apontou em uma direção, uma porta aberta entre os tijolos, sem sinalização, letreiro ou qualquer coisa que indicasse o que era aquilo. Apenas uma luz fraca iluminava o batente. Fomos até lá e entramos.

Fui na frente, a contragosto, meu pai com as mãos colocadas sobre meus ombros. Era um corredor extenso, uns dez metros iluminados apenas por uma lâmpada. Um balcão de madeira descascada o dividia ao meio. À esquerda, um senhor de avental colocava pó de café em um filtro de papel. À direita, sentado em um banquinho em frente ao balcão, outro senhor, de camisa aberta e com um dos maiores bigodes que já vi até hoje, bebia café em um copo americano e folheava o jornal, provavelmente recém-saído da gráfica. Não era uma padaria, nem uma lanchonete. Era algo diferente, informal. Estava tudo velho, gasto — os bancos, as paredes, o bule, o fogão, os homens.

Era visível que o lugar já havia sido maior, pois o espaço era grande, mas nem metade estava sendo utilizada. Meu pai falou "bom dia" para o bigodudo e se aproximou do balcão. Eu não entendia nada, torcia para alguém dizer alguma coisa esclarecedora, controlar a situação. Acho que meu pai também estava um pouco confuso.

— Vocês ainda fazem churros? — perguntou.

O que preparava café se virou e sorriu.

— Claro. Vai querer só um?

— Sim, e um café.

Meu pai me guiou até o fundo do corredor e sentamos nos últimos dois banquinhos da fileira. À nossa frente, uma panela redonda cheia de óleo, daquelas grandes, de fritar pastéis na feira. O senhor se aproximou, abriu uma gaveta e retirou uma espécie de sacola triangular, com um conteúdo amarelado que eu não pude identificar. Ele segurou o saco e começou a despejar o conteúdo no óleo, com técnica impressionante, rodando a munheca e fazendo um desenho impecável.

Era uma massa, que saía pela sacola e ia formando vários círculos na panela, tudo milimetricamente calculado por aquele senhor. Terminou de fazer o caracol, uma espiral enorme que cobria o óleo, e deixou fritando, enquanto pegava um prato plástico e o enchia de açúcar. Retirou a massa com uma escumadeira, deu duas sacudidas firmes, colocou para secar na folha de jornal (o que eu achei o máximo) e entregou para nós, junto com o prato de açúcar. Meu pai estava inquieto, não parava de falar "olha isso" enquanto o homem preparava tudo.

— Isso é churro? — perguntei.

— É. O melhor. Pega um pedaço e passa aqui no prato, é açúcar e canela.

Fiz isso, várias vezes. Era maravilhoso, crocante por fora, macio por dentro. No fim ainda recolhi algumas migalhas sobreviventes na folha de jornal e fiquei observando o lugar, fazendo pose no balcão. Vi uma placa com o horário de funcionamento: das 22h às 8h. Que coisa diferente. Meu pai agradeceu, fomos embora e nunca mais voltamos. Anos depois ele me disse que o lugar havia fechado poucos dias após nossa visita.

A história, que sempre voltava à minha cabeça, ganhou nova força depois que passei pela inauguração da loja de churros no bairro. Meu pai conhecia a cidade como a palma da mão, já havia me levado a diversos lugares, mas aquele dia tinha um poder especial, algo nele se agarrou à minha memória e nunca mais soltou.

— Você se lembra daquele churro espiral que a gente foi comer um dia? — perguntei. — Não sei onde era... Eles enrolavam no jornal, ficava aberto de madrugada.

Tínhamos feito, no sofá da sala, uma pequena série de exercícios para braço e perna. Eu estava em casa, de folga do trabalho, e o Mexerica tinha faltado por um compromisso.

— Lógico — respondeu ele.

— Pena que fechou, né?

— As coisas fecham, normal. Pelo menos a gente conseguiu ir antes de fechar.

Não tinha certeza se meu pai e eu falávamos sobre o mesmo lugar, mas não quis fazer outras perguntas e estragar a conversa. Ele continuou:

— É igual a uma viagem: não importa muito se os lugares fecham, você provavelmente nunca mais vai voltar lá mesmo. Bom é que você foi.

Fiquei em dúvida se aquilo era otimista ou pessimista, talvez fosse um pouco dos dois. De qualquer modo, achei que havia uma ligação com a frase no caderno de citações da minha avó e com tudo o que me atormentava sobre a morte, o sentido da vida, da existência. A ideia era mais ou menos igual — o final só acontece para o que existiu —, mesmo que a comparação entre uma loja de churros e a vida de alguém fosse distante.

No fundo, dizer que o importante era termos comido o churro e não que o lugar fechou soava como "E depois, morrer não é nada, é terminar de nascer". O que eu buscava entender a todo custo se mostrava natural. Todas as vezes que repeti "morte" baixinho, tentando fazer a palavra perder o sentido, ou que escrevi "morrer" em folhas de papel ou no vidro embaçado do banheiro eram esforços mínimos perto do que aquele francês narigudo de séculos atrás e meu pai com um buraco no cérebro me diziam indiretamente.

Talvez o sentido da vida fosse comer churro com o pai de vez em quando. Dar significado a isso, não a coisas inexplicáveis como ter um câncer e morrer, era o importante. Quebrar a cabeça tentando achar uma conclusão definitiva sobre a existência nada significava perto do valor de estar com meu pai vendo televisão na sala, ou comer um doce com minha irmã, ou ouvir Beatles com minha mãe no som do carro.

— É — falei. — Acho que você tem razão.

Minha irmã chegou horas depois, perguntando qual era o plano para aquela noite. Após a volta do câncer e a piora do meu pai, era difícil ver cada um no seu canto, fazendo suas coisas. Acabávamos sempre juntos uma hora ou outra, assistindo a filmes, comendo, conversando.

Procurávamos mantê-lo ativo, pensando. Respondi que não sabia; era o dia que minha mãe ficava até tarde no trabalho e esperava que minha irmã viesse com uma grande ideia.

Ela propôs jogarmos baralho e eu hesitei. Não sabia até que ponto ela estava ciente da evolução da doença, da confusão crescente, entretanto meu pai ouviu a sugestão e logo clamou "cacheta" com voz de locutor. Fomos até a mesa da cozinha para ter mais espaço, rasguei uma folha de uma agenda velha e fiz três colunas com o nome de cada um de nós no topo. O objetivo do jogo era fazer sequências com todas as cartas da mão.

Meu pai bateu a primeira vez, com um sete sobrando, perdido no meio de uma série de ases. Olhei para minha irmã.

— E esse sete aí, malandro? — perguntou ela.

Meu pai olhou para a carta como se fosse um cabelo na comida e a colocou de volta no monte.

— Não é meu, não.

Dei risada do gesto. Ele se confundiu poucas vezes durante o jogo, mas tudo pareceu mais leve do que a noite com o joguinho de combinar cores. Além disso, podíamos conversar, usar as cartas como desculpa para estarmos juntos.

— Pai, por que você não faz um perfil numa rede social? — Minha irmã sempre puxava assunto.

— Pra quê? — respondeu ele, já sorrindo, esperando para fazer alguma piada.

— Sei lá, você pode manter contato com os amigos, talvez até achar alguém que você não vê faz tempo, alguém que estudou com você no colégio, na faculdade...

— Isso é um argumento contra ou a favor?

— Ok, ha-ha-ha! Não faz então.

— Vou fazer, sim. Mas se eu postar alguma coisa você tem que curtir. Você curte meu *post*?

— Curto!

Ela já estava começando a rir, balançando o corpo. Eu esperava o resto da graça, claramente engatilhada.

— Vou escrever lá "Hoje meu filho fez a barba sozinho!". Como que é o joinha lá?

— *Like*.

— Isso. "*Like* orgulho!".

Minha irmã engatou uma risada frenética com o comentário, provavelmente porque me ridicularizava um pouco também. Eu já não sabia de quem eu ria.

— Aí eu vou curtir tudo o que meus amigos postarem. "Hoje eu acordei menstruada", *like*. "Almocei hoje", *like*. "Amo caminhadas!". *Like*. Vou dar *like* em tudo.

Minha irmã estava vermelha de tanto rir, engasgando e sem fôlego. A partir dali, o jogo de baralho terminou e seguimos conversando até tarde.

19

O lado direito da boca parecia fisgado por um anzol. O rosto, com pontinhos de barba brancos e cinza, estava de um lado normal, do outro caindo, como se deslizasse para baixo. Assim, meu pai falava devagar, arrastava as frases, enrolava as palavras. A soma do impedimento físico e de tudo o que acontecia na sua cabeça com o novo tumor crescendo e as ideias se embaralhando na mente resultou em uma perda de ânimo para se comunicar. Ele se calou novamente.

Entretanto, o marco dessa piora decisiva veio algumas semanas mais tarde, dentro de uma sacola grande de farmácia. Apareceu sem alardes, uma compra normal, junto de aspirinas, escovas de dente e desodorantes. Ali no meio estava o pacote de fraldas, um tijolo azul com a imagem de um casal de idosos maquiados abraçando-se e sorrindo para o horizonte. Minha mãe desempacotou tudo na mesa da cozinha e levou para seu quarto, quieta.

Aquilo logicamente teve efeito sobre mim, foi como se, dentro daquela sacola de farmácia, estivesse o tumor do meu pai, seu câncer e a impossibilidade de curá-lo, sua doença presente, física, palpável. As fraldas ofereciam um choque de realidade que não me dava escapatória, não deixava margem para que eu fugisse ou relativizasse os acontecimentos.

Já estar acostumado, inserido naquele contexto, me trazia certa segurança, mas isso não tinha como se sustentar. Antes de tudo começar, fiz força para acreditar que passaria rápido, um susto sem marcas profundas. Com o passar do tempo, mantive minha postura, não por acreditar, e sim por defesa. Queria seguir com o pensamento do problema passageiro, do leve desvio que em breve seria esquecido para que retornássemos à nossa rota habitual.

Só que o câncer não é algo que se baseia em tirar uma coisa ruim de dentro de alguém e tratar para que ela não volte. Se fosse assim, seria simples, como uma febre ou um resfriado. O efeito dominó começa no tumor do tamanho de um limão, enfiado bem no meio do cérebro. A pessoa faz esporte, não fuma, raramente bebe, vai a pé ao trabalho, come bem, e, em um dia comum, uma ida ao hospital para afastar uma dúvida qualquer lhe revela a situação.

O efeito dominó começa no tumor e só acaba quando não há mais peças para cair. Meu pai perdeu o sono, a locomoção, o movimento da perna direita. Perdeu a loja de vidros, o futebol com os amigos e os jogos da Portuguesa no Canindé. Depois perdeu o movimento do braço e teve o rosto semiparalisado. Enfraqueceu, inchou, tomou remédios para dormir, para se curar, para não doer, para cortar o efeito ruim do primeiro remédio. Chorou, gritou, se estressou, pediu perdão. Teve convulsões, quedas, escoriações. Perdeu o controle do seu corpo por completo. Perdeu o controle da sua mente.

E o que eu deveria fazer no meio de tudo isso? Não sabia. Não tinha a menor ideia, na verdade. No entanto, eu estava ali, dentro do barco, sendo empurrado também, sem chances de escapar. Era obrigatório. Assim, forçado a ficar, eu fazia alguma coisa. Por mais que não soubesse ou não entendesse o quê, só de estar junto, ajudar com as fisioterapias, remédios, idas ao banheiro, eu participava. Jantar ouvindo o rádio, dividir o sofá, tomar sorvete... era isso. Na aparente banalidade das tarefas diárias e das conversas rasas, seguíamos.

O som robótico da bengala foi se aproximando, escutei o *nhec-nhec* no piso do corredor, e meu pai abriu a porta do meu quarto. Ele havia acabado de tomar banho e vinha escoltado de perto pela minha irmã, que empurrava suas costas para que mantivesse a postura. Eu me ajeitei na cama quando percebi que a intenção dos dois era entrar e comecei a tirar roupas, livros e outras tralhas do caminho. Ficamos em silêncio até que todos se ajeitassem, eu em uma ponta da cama, minha irmã em outra, meu pai na cadeira.

— Sabe qual é a melhor culinária do mundo? — perguntou ele.

Meu pai estava viciado em programas de cozinha e de viagem na televisão. À noite, normalmente soltava frases sobre o modo de preparo correto do macarrão à carbonara ou sobre as maravilhas da Tailândia, da Grécia, do Irã. Seu favorito era um programa em que um apresentador careca viajava o mundo e provava a culinária local, sempre exprimindo sua alegria em comentários dublados do tipo: "Isso está divino, Bob! Realmente magnífico!".

— Hum... não sei. Francesa? — respondi.

— Brasileira — arriscou minha irmã.

— Não, é a peruana — falou meu pai. — Meu sonho é ir pro Peru. Quando melhorar, vou pra lá. — Ele completou a frase com dificuldade, quase sem fôlego, um contraste com o que acabara de dizer. — Acho que vou fazer alguns cursos por lá — continuou. — Vendi a loja. Posso fazer uns cursos.

Eu e minha irmã trocamos olhares.

— Acho ótimo. Pode ser espanhol — disse ela.

— Pode ser churrasco — afirmou meu pai.

Sorri. Nunca o tinha ouvido falar alguma coisa sobre planos, vontades. Antes da doença, era como se isso não existisse. Por mais que estivesse trocando palavras, demorando para dizer o que queria, me pareceu um desejo sincero, não um fruto de delírio, uma fantasia qualquer gerada pelo cérebro capenga. Os filtros de antes sumiram, as barreiras não estavam mais presentes.

Minha irmã quis ir para a sala, mas meu pai falou que se sentia cansado. Disse, com um tom diferente do anterior, mais pesado, com urgência, preferir voltar ao seu quarto. Imediatamente fixei o olhar na sua bermuda e percebi o volume da fralda, marcando a lateral do quadril. Achei que ele talvez estivesse se aliviando naquele instante, porém seu rosto não dizia isso e eu não quis perguntar.

Tentou levantar sozinho, não conseguiu. Minha irmã e eu o escoramos, cada um de um lado, e ele se ergueu tremendo, a perna boa quase cedendo ao peso. Senti um puxão para baixo, agarrei seu tórax e mantive a posição. Andamos praticamente abraçados, de lado, passos de caranguejo até o quarto, um trajeto que durou dez vezes mais do que o usual.

Na beira da cama, baixamos o corpo dele e o ajeitamos com as costas no travesseiro. Perguntei se estava tudo bem e não tive resposta; ele parecia imerso em um tipo de sonho acordado. Minha irmã sentou ao seu lado e eu fiquei em um banquinho. Começamos a puxar conversa, a fazer perguntas. Ele se mantinha quieto ou fazia barulhos estranhos, chiados, risadas soltando o ar; virava a cabeça, estendia a mão que ainda controlava para nos cumprimentar.

Perguntei se queria ouvir música e ele enfim disse algo:

— Quero.

Fui até o móvel com os CDs na sala e encarei a sequência de listras coloridas lado a lado, nomes de artistas e de álbuns. Meu pai não era grande fã de música, mantinha apenas um Raul Seixas e um Adoniran Barbosa no carro, ambos de duzentas músicas, para não ter que se preocupar muito. Puxei um disco branco. Tom, Vinícius, Toquinho e Miúcha, ao vivo no Canecão. "Corcovado", "Wave", "Garota de Ipanema", "Chega de saudade", todos os clássicos.

— Pode ser esse? — perguntei, ao voltar para o quarto com o quadradinho de acrílico na mão.

Minha irmã respondeu que sim, já pegando o disco e colocando no seu som a pilhas antigo, uma bolinha com alça e alto-falantes redondos, parecendo um inseto. Enquanto a primeira música tocava, decidi fazer algo para meu pai comer. Fui até a cozinha, abri um abacate, retirei a carne verde com uma colher e amassei no prato. A sensação imediata foi a de preparar uma espécie de papinha para meu pai, o complemento das fraldas. Espremi limão em cima, coloquei um pouco de açúcar e terminei. Não era um prato que estaria em um daqueles programas de tevê que ele andava vendo, definitivamente, mas tinha uma aparência quase agradável.

Quando voltei com a comida, minha irmã tomou um susto. Percebi que estava chorando, porém agi como se não tivesse me dado conta. Ela pegou a pasta verde também ignorando o fato, deu duas batidinhas no ombro do meu pai e ele abriu os olhos.

Não houve conversa. Ela encheu a colher e fez o movimento de servi-lo. O conteúdo deslizou para a boca, só que a gororoba ficou parada em cima da língua.

— Come — disse minha irmã.

Ele engoliu no mesmo momento, com olhar desconfiado.

— Gostou? Ó quem fez.

Minha irmã apontou para mim e eu sorri, como se ganhasse um prêmio.

— Horrível — falou ele.

Um pouco de gosma verde escorreu pelo lado da sua boca. Ele começou a rir descontroladamente.

— Tá muito ruim!

Minha irmã me olhou debochada, seguindo com as colheradas, que ele ia abocanhando sem parar, sempre dizendo quão ruim estava e rindo para mim. A cada mastigada, as gargalhadas aumentavam; nós três ríamos e brincávamos uns com os outros.

— Come direito, tá tudo caindo na camiseta, ô! — falei.

Ele passava o dedo no abacate que escorria pelo rosto e lambia. Comeu tudo rapidamente, exclamando o último "péssimo" enquanto engolia a porção final. Ficamos em um breve silêncio, poucas palavras após a explosão de riso.

— Quem são as pessoas mais sortudas do mundo? — perguntou ele.

Não respondemos.

— Algum esportista, político? Alguém que ganhou na loteria? Fala — continuou.

— Não sei... é, pode ser — disse minha irmã.

Ele apontou para nós dois.

— A gente? — falei.

Meu pai fez que sim com a cabeça. Depois apontou para o porta-retratos com uma foto da minha mãe com minhas tias, ao lado da cama.

— Melhor mãe. Mães reserva — afirmou, rindo um pouco. Então começou a chorar.

Minha irmã e eu nos entreolhamos e respondemos que ele tinha razão. Não estávamos acostumados com sentimentalismo algum vindo dele, fomos pegos de surpresa, completamente desarmados. Eu fiquei desconfortável, achei aquilo um pouco piegas, nada a ver com sua personalidade. No entanto, foi o que ele quis falar, o que passou pela sua confusão mental naquele momento.

Pouco depois, ele dormiu e minha mãe chegou. No dia seguinte, o barulho da cadeira de rodas sendo empurrada no corredor me despertou bem cedo, saí do quarto e vi o Mexerica conversando com minha irmã. Ao lado, outra sacola de farmácia com pacotes de fraldas em cima de uma mala de viagem.

20

Ficamos quietos durante a ida ao hospital, nenhuma palavra, música, espirro, tossida. Mesmo os sons da rua pareciam inaudíveis, como se estivéssemos dentro de uma cápsula lunar à prova de ruídos. Todos pensavam a mesma coisa, tenho certeza, mas meu pai era uma incógnita. Não sabia se ele entendia o que estava acontecendo ou se já não absorvia mais nada. Pela primeira vez ele ia ao hospital sem demonstrar relutância, um sinal, mínimo talvez, de que sua mente flutuava longe de nós.

Quando encostamos na entrada do pronto-socorro, pedi ao segurança uma cadeira de rodas. Depois, puxei meu pai com cuidado, coloquei-o sentado e posicionei seus pés com uma presilha de velcro nos pedais de apoio. O corpo estava mole. Ergui seu rosto, que se inclinava para baixo. Ele me olhou e sorriu sem mostrar os dentes.

Um enfermeiro apareceu, assumiu o controle da cadeira, e eu fiquei para trás sem saber o que fazer. Minha irmã se aproximou carregando uma sacola de roupas e uma de mercado com bolachas e caixinhas de suco.

— Eu queria ter a sua calma — disse ela.

Tirei os olhos das suas mãos e levantei a cabeça. Ela estava com expressão alarmada, levemente perdida. Eu queria parecer indiferente à situação e evitar que o assunto se estendesse, mas fiquei sem palavras. Os únicos pensamentos a que eu tive acesso desde o início da doença do meu pai eram os meus, logicamente. Nunca havia perguntado ou ouvido o que minha irmã ou minha mãe pensavam, apenas imaginava pelo jeito que elas agiam.

Vivi aqueles meses de acordo com o que eu sentia, acreditando que as pessoas ao redor enxergavam o mesmo, com pequenas diferenças naturais. Entretanto, a frase da minha irmã invertia tudo. Ela achava que eu era calmo, enquanto, para mim, isso estava longe de ser real. Eu me via como insensível, conformado, confuso. Para ela, podia ser que eu fosse centrado, tivesse tudo sob controle.

Andamos pelo saguão do hospital até os elevadores, cada um segurando uma sacola, seguindo a cadeira de rodas. Como será que minha mãe me enxergava? E meu pai? Talvez minha irmã não se sentisse como eu imaginava. Eu a via forte, participativa, companheira, dedicada. Podia ser que ela se visse ao contrário, como muito emotiva, sem autocontrole, desesperada. Pensei de novo na minha mãe, sempre serena para mim. Seria possível que ela tivesse passado as últimas quarenta semanas chorando escondida?

O enfermeiro apertou o botão do subsolo no elevador.

— Os quartos tão todos ocupados. Vamos ter que ficar lá embaixo por enquanto — informou.

A porta se abriu e minha mãe apareceu acompanhada da minha tia, as duas exalando preocupação nos gestos rápidos e nos rostos vermelhos. Discutiam com a responsável da área, uma mulher de cabelos curtos que vestia um terninho com o logotipo do hospital bordado. Elas falavam sobre os quartos, quando poderíamos subir, qual era a política de ocupação, onde ficaríamos nesse meio-tempo.

A mulher, agarrada a uma prancheta e a um *walkie-talkie*, explicou que havia quartos naquele andar, a única diferença é que as ilhas de enfermagem só estavam nos andares de cima. Ou seja, tínhamos onde ficar, mas, se quiséssemos ajuda de alguém, precisaríamos correr e pedir longe dali.

Minha tia ficou visivelmente irritada, mas era aquilo ou ir para casa, onde ilhas de enfermagem estariam ainda mais longe.

– Vamos – falou meu pai, atraindo olhares.

Logo todos começamos a nos mexer, esquecendo do debate inútil e lembrando do que realmente importava. Meu pai já voltava a ficar torto na cadeira de rodas, precisava se deitar. Partimos guiados pela mulher de terninho até uma porta em um corredor pequeno. Uns dez passos à frente, deparamos com uma jovem de uns vinte e poucos anos sentada atrás de um computador em um balcão.

– Qualquer coisa vocês podem pedir na secretaria – nossa guia avisou, apontando o balcão.

Não parecia uma secretaria, mas ninguém disse nada. De novo, talvez só eu pensasse aquilo. Entramos no quarto, bem parecido com os outros, o que visivelmente relaxou minha mãe e minha tia. O enfermeiro retirou meu pai da cadeira de rodas segurando-o no colo e o colocou na cama. Falou que ia pegar a camisola do hospital, algumas toalhas, produtos de higiene e outras coisas que meu pai não usaria. Saiu com a mulher, que foi apertando a mão de cada um até nos deixar sozinhos.

Fomos nos movimentando lentamente, cumprindo o ritual de guardar as coisas e nos acomodar, já praticado algumas vezes. Tirei as almofadas do sofá e sentei de frente para a cama. Meu pai estava de olhos fechados, aparentemente dormindo. Eu me virei de lado, encostei minha cabeça no braço e também adormeci.

Tive a sensação de estar acordado o tempo inteiro. Podia ouvir as conversas, os passos de alguém em direção ao banheiro, o ruído da televisão ligada. Ao mesmo tempo, via uma cena impossível de ser real: meu pai em pé, falando sem enrolar as palavras, bebendo café. Abri os olhos. Minha mãe continuava sentada na poltrona ao lado da cama, minha tia lia revistas ao meu lado, e minha irmã puxava a perna do meu pai de um lado para o outro. Ele parecia bem, conseguia dizer poucas coisas que faziam sentido.

O relógio marcava meio-dia e quinze, o que significava que eu havia dormido por mais de três horas. Estava me endireitando no sofá quando o almoço chegou em um carrinho de metal empurrado por um jovem de bigode fino. Ele colocou a bandeja em um suporte na frente do meu pai, disse que voltaria em uma hora para recolher e saiu. Nós nos juntamos em volta da cama, minha mãe já tirando os talheres da capinha plástica.

Uma sopa laranja, purê de batatas, legumes no vapor e iogurte — refeição para banguela, para idoso ou para quem tem tumor no cérebro. A pessoa está morrendo e não consegue nem escolher o que vai comer; nada de *cheese bacon*, *pizza*, bolo de chocolate... Meu pai devorou seu banquete pastoso, que também ficou um pouco espalhado nas suas bochechas e na camiseta. Voltou a fechar os olhos logo em seguida, satisfeito.

Minha mãe disse que precisava pegar mais roupas em casa e resolver algumas burocracias no hospital, então saiu com minha irmã. Ficamos minha tia, meu pai e eu no quarto. Torcia por uma tarde tranquila, sem emoções, em que ele dormisse até a noite, quando trocaríamos de andar.

Quarenta minutos depois, essa esperança se desfez completamente com apenas uma frase.

— Preciso ir no banheiro — anunciou meu pai.

Minha tia havia saído para almoçar; estávamos só nós dois. Falei que ia procurar alguém, mas ele não teve reação alguma. Coloquei minha cabeça para fora do quarto. Ninguém à vista além da mocinha atrás do balcão, agora mexendo no celular. Fui até ela.

— Oi. Tem como você pedir pra alguém da enfermaria descer? Tô precisando de uma ajuda aqui no quarto.

Ela me olhou como se eu pedisse uma mala com um milhão de reais.

— Os enfermeiros só atendem nos seus andares. Só se for algum fora do plantão.

— Você pode ver se tem algum fora do plantão?

Ela hesitou por um momento, desinteressada. Então, girou sua cadeira devagar e começou a vasculhar no computador.

— Talvez se você ligar pra alguém... — falei.

A frase não fez efeito. Aqueles poucos minutos em que fiquei ali passaram a me incomodar, então virei as costas e voltei. Meu pai continuava na mesma posição, sentado na cama com o lençol na altura da barriga. Olhei de novo para fora, um corredor fantasma.

— Parece que somos só nós dois — disse.

Ele me encarou e fez um dois com os dedos. Soltou uma risada irônica e virou o rosto, uma imagem que ficou grudada na minha memória provavelmente porque a realidade me atingia com força naquele instante. Estávamos sozinhos e eu precisava fazer aquilo, não havia saída. Tinha que erguê-lo, tirá-lo da cama, colocá-lo na cadeira de rodas, levá-lo até a privada.

Não sabia nem por onde começar. Senti receio de meu pai perceber o que acontecia e fui me aproximando enquanto tentava elaborar um plano rápido e eficaz na minha cabeça. Ir ao banheiro com ele, sozinho, seria extremamente complicado, mas trocar sua fralda na cama era inimaginável para mim, não estava preparado para algo daquele tamanho.

— Xixi ou...?

Ele novamente fez um dois com os dedos e riu. Não aguentei e também ri um pouco.

— Beleza. Bora pro banheiro.

Queria aliviar minha tensão, falar com tranquilidade para fingir que estava tudo bem. Primeiro, coloquei as sandálias nos seus pés sem problemas, o que me deu uma confiança idiota para continuar. A estratégia era sentá-lo e transferi-lo para uma daquelas cadeiras de rodas equipadas com uma tampa de privada. Na teoria, grande plano, simples, inteligente, genial. Na prática, um desastre clamoroso.

Subi a cama até a posição vertical, em L. Era preciso, portanto, apenas virar o corpo do meu pai e deixá-lo na beira, com as pernas para fora. Peguei seu braço e tentei colocá-lo em volta do meu pescoço, mas ele sempre escapava para a posição inicial ou caía deitado para o outro lado. Nada fazia diferença; ele não ajudava de maneira alguma, parecia não entender.

Procurando não mostrar impaciência, comecei a falar coisas como "Agora vai", "Tá indo bem", "Só mais um pouco". Talvez fossem frases para mim, estímulos ou simplesmente barulhos que ocupassem minha mente e me impedissem de pensar em outras coisas.

Tentei pelas costas, porém ele não conseguia manter a posição ereta. Virei seus pés para fora e fui girando seu corpo no eixo, até perceber a burrice da estratégia. Ele escorregava para todos os lados, sem ficar sentado, como eu queria. Era impossível controlar os pés e o torço ao mesmo tempo; eu precisava ficar dando a volta na cama de maneira estúpida. Sabia que aquilo não estava funcionando, e o fato de ele não dizer uma palavra só aumentava meu desespero.

Se alguém entrasse no quarto naquele instante, veria meu pai deitado atravessado na cama e eu suando frio, com cara de criança que se perdeu no supermercado. Imaginei minha mãe em choque perguntando "O que você tá fazendo?". Vi até comicidade naquilo, como um pai de primeira viagem que não consegue trocar a fralda do filho. A única diferença era que, nesse caso, o filho não conseguia trocar a fralda do pai.

Decidi voltá-lo para a posição normal antes que alguém realmente aparecesse. Ele não falava e não demonstrava reação alguma. Às vezes fazia cara de desconforto, mas era quase evidente que estava aliviando sua vontade de ir ao banheiro ali mesmo. Saí do quarto novamente para buscar ajuda. Vi minha tia no fim do corredor, olhando por uma janela que ia do chão ao teto, de costas para mim. Não tive coragem de chamá-la.

O resto do corredor estava vazio, então voltei para o quarto com passos lentos, já sabendo o que deveria fazer. Não queria ver meu pai pelado, tirar sua fralda, jogá-la no lixo, limpá-lo e colocar uma nova. Não há possibilidade de alguém querer isso. Tinha vergonha de tomar banho com ele no futebol e agora precisava limpar seu cocô.

Eu me aproximei e disse o que faria. Ele me encarou como se eu falasse frases aleatórias em turco. Ajustei sua posição na cama e comecei. Procurei me livrar de tudo o que pensava, de todo o medo que sentia. Ia fazer aquilo e pronto, como uma ida à montanha-russa, uma injeção. Era fechar os olhos, me concentrar e partir.

Abri a parte da frente da fralda e vi que não havia mais volta. Queria agir como quem controla a situação, de maneira adulta, firme. Precisava ser calmo como minha irmã achava que eu era. Comecei com tranquilidade. O monstro ia diminuindo à medida que seguia o que precisava fazer. Retirei a fita das laterais da fralda e me mantive tranquilo, ignorando o líquido marrom que escorreu pelas minhas mãos.

Sim, eu estava ali. Puxei sua perna tentando tirar a fralda debaixo do seu corpo, mas ela não se movia. Era preciso levantá-lo um pouco e eu não tinha força. Meu braço tremia, meu pai não se mexia um centímetro. Tentei com tudo o que eu podia, mas nada adiantou. Virava o rosto, tomava fôlego e ia mais uma vez. A fralda continuava intacta.

Fui puxando devagar, arriscando uma nova estratégia. No meio do caminho, escutei um rasgo e vi uma faixa de algodão se abrir na cama. Na minha mão, um pedaço da fralda; no lençol, o que havia dentro dela. Não olhei para o rosto do meu pai. Senti o cheiro forte dominar o quarto, vi as coxas dele sujas, minhas mãos molhadas, ouvi o silêncio que tomava conta do lugar e me virei para a janela.

— Não. Não. Não. Não. Não. Não.

Não senti vontade de chorar, berrar, correr. Apenas me virei para a janela, encarei o vidro e repeti "Não" dezenas de vezes. Voltei a olhar para aquilo, estarrecido, enquanto meu corpo era dominado por uma onda gelada. Minhas mãos, imundas, tremiam. Minha vontade era simplesmente desaparecer, regressar ao ano em que nasci, quando não era problema meu se a fralda explodia no lençol branco. Eu estava em choque.

É certo que não percebi na hora, mas minha reação não tinha tanto a ver com o que estava acontecendo no momento, uma banalidade se vista a distância. O impacto vinha da incapacidade total que meu pai demonstrava. Ali, naquele instante, ele não era mais nada. Seu corpo não reagia, estava mole, morto. Morto? Não sabia. Foi como se tudo tivesse acabado e a culpa fosse exclusivamente minha.

Parei em frente à cama, com os braços abertos e o olhar fixo, evitando meu pai. Meu coração batia acelerado, meus joelhos balançavam, minha boca estava seca. Ouvi alguém passar pelo corredor e me lancei para fora como se um ímã me puxasse. Era uma enfermeira de uns cinquenta anos que, sem dúvida, percebeu meu olhar de desespero. Ela me seguiu sorrindo, não se importando com minhas mãos cheias de cocô.

Eu me limpei enquanto ela mexia nos botões da cama. Sua facilidade para pôr meu pai na cadeira acrílica e levá-lo até o chuveiro foi impressionante. Ela dominava aquilo do mesmo jeito que uma profissional de futebol faria se jogasse contra crianças de doze anos, nem precisava se esforçar. Depois fez uma montanha com a roupa de cama e levou para longe, provavelmente para ser incinerada. Então o tirou do banho, colocou nele uma nova fralda e outra camisola do hospital e o deitou, tudo na maior tranquilidade, sem nenhuma ajuda.

— Vou pedir pros meninos lá em cima virem dar uma ajuda da próxima vez. Não é mole, não.

— Sim, obrigado, mas acho que já vamos mudar de quarto.

— Que bom! Perfeito. Acho melhor mesmo. Qualquer coisa, pode contar comigo.

Ela apontou seu crachá, uma foto sua sorridente com os cabelos um pouco maiores. Foi embora e eu fiquei no quarto.

Minha tia voltou com chocolates e perguntou se tinha dado tudo certo.

— Sim, sim, tudo numa boa — respondi.

Mais tarde, nos informaram que íamos trocar de quarto.

21

Era junho de 2013 e o Brasil vivia uma onda de manifestações como eu nunca havia visto. O que tinha começado como protesto contra o aumento das passagens de ônibus ia crescendo dia após dia, transformando-se em algo inclassificável, uma junção de bandeiras, gritos de guerra, reclamações diversas. Meu pai trocara de quarto havia alguns dias, e passávamos a maior parte do tempo acompanhando tudo pela televisão ou pela janela, de onde era possível ver a movimentação de gente indo para a Avenida Paulista.

Eu me lembro daquele período de maneira obscura, como se ao mesmo tempo tivesse durado anos e apenas um minuto. Tenho aqueles momentos cravados na memória, mas eles não se conectam linearmente. A imagem da multidão ao meu lado, caminhando na direção oposta, enquanto eu tentava chegar ao metrô é viva, do mesmo jeito que pessoas gritando coisas como "Vem pra rua!", "O gigante acordou!". Eu esbarrava nelas, ficava esmagado. O barulho rebatia nos vidros dos prédios comerciais e voltava direto aos meus ouvidos, algo de ensurdecer. Seguia de cabeça baixa, tentando abrir caminho onde não havia. Todo mundo na rua e eu só queria ir para casa.

Minha mãe vinha passando todas as noites no hospital, mas, na manhã do dia 15, enquanto eu caminhava pelo saguão, minha irmã apareceu dizendo que ela ficaria naquela noite e eu, na próxima. Falei que tudo bem; estava de licença do trabalho e dormir lá, agora que estávamos em um andar cheio de enfermeiros, era mais fácil que enfrentar a multidão na volta. Subimos juntos até o quarto, sem falar mais nada.

A aparência da minha mãe denunciava que aquele rodízio para passar a noite era uma decisão acertada. Ela estava com olheiras profundas, o cabelo bagunçado. Até o modo de andar e o de falar pareciam mais lentos, cansados. Quando entramos no quarto, permaneceu sentada na poltrona ao lado da cama, apenas abanou a mão dando um oi fraco. Fui até onde estava, dei um beijo nela e disse qual seria a rotina a partir daquele dia.

— Tudo bem, aí depois eu fico — falou ela.

Meu pai passeava entre um abrir e um fechar de olhos constante, parecia alguém que leva um soco e não consegue decidir se luta para ficar acordado ou apaga de vez. Ele conseguia falar algumas coisas esporadicamente, mas na maioria do tempo ficava deitado, olhando a televisão, mexendo-se, tomando remédios e ingerindo comidas sem gosto.

— E aí? Vamos ver um joguinho hoje? — perguntei.

Puxávamos conversa a todo momento, qualquer assunto servia para tentar deixá-lo ativo, com o radar ligado. Meu pai concordou com a cabeça. Era época de Copa das Confederações, o que tornava nossa programação televisiva no quarto um eterno ir e vir entre jogos de futebol e protestos em volta dos estádios onde aconteceriam as partidas.

Quis continuar falando, mas algo me impedia. Não sabia se ele entendia ou só respondia aleatoriamente, estimulado pelo som das nossas vozes. Os médicos apareciam menos e falavam obviedades, do tipo "Vamos ficar de olho" e "Estamos acompanhando". Aquela rotina já me causava irritação. Seguíamos havia dias fazendo as mesmas coisas, esperando o fim que eu não desejava que viesse. Estava aprisionado entre a vida suspensa no ar e a morte do meu pai.

A chegada de alguns parentes me deu passe livre para sair um pouco do quarto. Desci até o térreo e fiquei sentado ao lado do piano vazio, escutando as pessoas que passavam. Eu precisava de algo novo, diferente. Tudo me incomodava: a luz branca, o som das cadeiras de rodas e macas deslizando pelos corredores, o cheiro asséptico, os passos urgentes dos médicos, os adesivos de "acompanhante", os buquês de flores trazidos pelas famílias.

Andei na direção oposta ao lugar de onde eu tinha vindo, no sentido da lanchonete, perto da saída lateral para a rua. Segui reto, passando por salas estranhas, escritórios, gente doente, gente trabalhando. Virei no fim de um corredor, vi uma grande porta corta-fogo e abri. Era uma escadaria velha, suja, de concreto. Eu me aproximei do corrimão e olhei os degraus que iam para baixo e para cima.

Decidi subir. Fui deixando todas as portas para trás à medida que ia avançando. Queria ver aonde chegaria, qual era o fim. Talvez fosse apenas uma parede ou um quadro de luz trancado, mas eu precisava saber. Do último lance pude ver a porta com tinta vermelha descascada, entreaberta. Um tijolo a segurava e um papel colado perto da maçaneta avisava: "Manter aberta".

Passei pelo vão, tentando deixar tudo como estava, continuei caminhando e cheguei a uma espécie de terraço. Olhei em volta, um espaço amplo, malcuidado, com alguns materiais de construção, vasos velhos e quebrados com plantas mortas e folhas secas espalhadas por toda parte. Era possível ver, ao longe, centenas de prédios, antenas, janelas, luzes.

Perto do parapeito, um médico que admirava a paisagem se virou quando apareci, me encarou por alguns segundos e voltou ao que estava fazendo. Provavelmente não devia estar ali, mas aquela pequena olhada para mim tirou qualquer preocupação que ele teria.

Vi uma espreguiçadeira de praia do outro lado, toda encardida e com partes quebradas. Talvez os médicos e enfermeiros usassem aquele lugar frequentemente; poderia ser um tipo de ponto de encontro para relaxar, falar bobagens e esquecer tudo o que eu também queria esquecer. Sentei sem me preocupar com a sujeira e deitei o máximo que pude para trás, puxando os dois braços plásticos para colocá-los no encaixe certo.

Tive a sensação de estar de cabeça para baixo, o sangue todo vindo para a testa. Olhei as nuvens: geleiras, *icebergs*; depois cérebros, massa encefálica. Puxei o ar com força – cheiro de carburador. Os carros rasgavam a tarde de São Paulo lá embaixo. Deslizei minha língua pela boca e senti uma afta.

O que aquele médico fazia lá? Seu paciente não mostrava sinais de melhora? Ele havia feito besteira em alguma operação? Ou seria outra coisa? O filho da sua nova namorada não ia com a cara dele? Sua família ligava todo dia pedindo dinheiro emprestado? Seu grande sonho estava na arquitetura e não na medicina? Será que aquele cara, tão perto do parapeito, pensava em se jogar quando eu cheguei? Ele se virou de novo e foi embora.

Devia ser só um médico tentando relaxar no fim das contas. Torci para que ele tivesse deixado o tijolo na porta e eu não ficasse trancado. Talvez não fosse tão ruim, no entanto. A vista era bonita, apesar da capa de gordura e poluição que cobria os prédios. Meu pai gostaria da imagem, pensei, e então tudo voltou como se eu acordasse e recobrasse a consciência de quem eu era e o que estava fazendo ali.

Busquei meu celular no bolso e abri o aplicativo de músicas. O primeiro álbum da minha lista era *Abbey Road*. Pressionei a imagem dos Beatles atravessando a rua e ouvi o disco inteiro. Quando terminou, levantei e voltei para o quarto.

Como combinado, minha irmã passou a noite no hospital. Voltei no dia seguinte perto da hora do almoço. Era o mesmo ambiente, com as pessoas de sempre, mas tive a impressão de que meu pai tinha piorado. Seu almoço descansava em uma bandeja encostada perto da parede, intacto, enquanto minha mãe, que havia chegado de manhã com minha tia, lutava para fazê-lo comer um iogurte. As porções deslizavam da colher para sua boca e então direto para o queixo. Ele parecia não saber o que fazer com aquela gosma sabor morango.

Concordamos que seria melhor tentar outra hora, acreditando nos altos e baixos já conhecidos. Meu pai não disse nada, apenas virou a cabeça algumas vezes e fixou o olhar na sua irmã.

— Não vai dizer oi pra mim? — perguntou ele, com a voz fraca.

— Já disse oi. Tô aqui desde cedo — respondeu minha tia.

Ele franziu o rosto, ressabiado. Todos ficaram em silêncio, sentados nos seus lugares. Naquela noite eu dormiria no hospital e não sabia como meu pai estaria, se ia comer normalmente, falar comigo, dormir o tempo todo. Mesmo assim, queria fazer aquilo, sentia um tipo de orgulho besta de mim mesmo por passar a noite sozinho com meu pai doente. Sugeria, de alguma forma, que eu tinha controle sobre a situação e era muito maduro. Tudo mentira, lógico, mas ninguém precisava saber disso.

Os parentes foram se dispersando para ir almoçar. Mudei do meu lugar no sofá para a poltrona ao lado da cama do meu pai, que me encarou com seu rosto inchado.

— Hoje tem jogo, hein? — falei.

Ele continuou quieto, a cabeça balançando de maneira estranha, como se ele estivesse tendo pesadelos acordado. Espanha e Uruguai jogariam pela Copa das Confederações no começo da noite.

— Quanto cê acha que vai ser? — continuei.

Faria quantas perguntas tivesse que fazer para ele interagir comigo. Sua mão ainda saudável levantou e os dedos fizeram dois e, depois, um.

— Dois a um? Pra quem?

Esperei a resposta.

— Espan... — sussurrou ele.

— Boa. Também acho que a Espanha ganha. Quem será que vai fazer os gols?

Ele mexeu a boca, mas nenhum som saiu. Continuei imóvel, aguardando, até que ele disse:

— Luisito.

Referia-se a Luis Suárez, atacante uruguaio que jogava no futebol inglês. Foi a última vez que meu pai falou comigo, sua última palavra. Nada do tipo "Eu te amo", "Você é um vencedor" ou "Siga seus sonhos". Nenhuma lição de vida ou filosofia sobre a morte, coisas que não fariam sentido e não teriam nada a ver com ele. Apenas o apelido de um jogador de futebol.

A partida começou com a Espanha jogando melhor e fazendo dois a zero, mas meu pai já dormia e não viu nada. Nos últimos minutos, o Uruguai conseguiu diminuir de falta para dois a um, resultado final. O gol dos uruguaios foi marcado por Luisito.

22

Depois de me despedir de todos, fechei a porta do quarto, em silêncio. As cores frias e os aparelhos fazendo ruídos ritmados davam o tom hospitalar ao lugar. Uma garoa fina começou a molhar o vidro da janela no fundo, que se iluminava de vermelho e amarelo à medida que as luzes da rua iam se intrometendo. Era o começo da noite de domingo.

Procurei arrumar o quarto de um jeito que eu pudesse ficar confortável e, ainda assim, observar meu pai. Puxei o sofá, encostado na parede da janela, para perto da cama. Ajeitei os lençóis e travesseiros, coloquei minha mochila no chão e deixei meu celular logo atrás de mim, no criado-mudo da luminária. Havia um zumbido constante das máquinas misturado com o som da chuva no vidro.

Naquele instante, achava que íamos apenas dormir. Volta e meia eu teria que chamar um enfermeiro se algo anormal ocorresse, nada mais que isso. Liguei a televisão com o volume baixo e girei o interruptor circular para diminuir a intensidade da luz. Amassei os dois travesseiros e deitei, tendo sempre em mente que não poderia perder a visão do meu pai.

Ele não abria os olhos e só mexia um dos braços, em um movimento estranhíssimo de vai e vem, para cima e para baixo, claramente não proposital. A camisola estava toda amassada e molhada de suor. Fiz algumas perguntas bestas como "Tudo bem?", "Confortável aí?", mas nada de resposta. Minha única opção era ignorar aquilo, procurar outra coisa para fazer. Mudei de canal e acabei colocando em um programa jornalístico.

Estava sendo exibida uma reportagem sobre adolescentes em um campeonato de robótica na Ásia. Uns três moleques se revezavam contando como conseguiram o dinheiro para ir, quais foram as dificuldades, quais países eram os melhores em fazer robôs, quanto tempo demorava para fazer um robô que jogava futebol. Zapeei um pouco e então voltei para onde estava, sem tanta atenção.

Meu pai começou a bufar, a se mexer mais rápido, parecia que tinha chegado ao clímax de algum sonho. As orelhas encostavam no travesseiro uma por vez, no ritmo em que ele se balançava. O nariz apontava para a porta e para mim, para a porta e para mim. Aí parava. Então recomeçava. Levantei a cabeça para melhorar meu ângulo de visão, mas não vi nada que pudesse me fazer ir até ele.

Um feixe de luz se abriu do criado-mudo até o teto. A tela do meu celular avisava uma mensagem da minha mãe: "Oi, tudo bem? Tô indo dormir, qualquer coisa avisa. Beijo!".

Digitei a resposta: "Tudo bem. Vou dormir tb, até amanhã".

Duas batidas na porta e então um enfermeiro entrou empurrando seu carrinho. Eu me endireitei no sofá, sorrindo, enquanto o homem subia a cama. Trocamos apenas saudações simples; ele já havia estado no quarto algumas vezes. As pílulas, como sempre, estavam separadas em copinhos de plástico. Contei os remédios: quatro. Meu pai com certeza não ajudaria em nada, estava inconsciente.

O enfermeiro me pediu ajuda e eu, num pulo, saí do sofá e me posicionei. Senti o suor muito maior do que havia imaginado, encharcava as costas do meu pai, a roupa e o lençol. Ele sentou e conseguiu tomar as pílulas, meio sem saber o que estava fazendo. Ainda trocamos sua camisola por uma seca.

Tudo voltou ao antigo cenário rapidamente. Eu no sofá, luz quase apagada, tevê ligada. A diferença era que meu pai já não fazia mais barulhos nem se mexia na cama.

Desliguei a televisão, liguei a luminária e peguei meu livro na mochila. Continuava preso em um mesmo capítulo fazia semanas, não conseguia me concentrar, lia vinte vezes a mesma passagem sem absorver nada. Abri a contracapa e vi a foto do autor sorridente, malha de lã cobrindo uma camisa xadrez, óculos redondos estilo John Lennon. Embaixo, uma breve biografia com nomes de universidades importantes e, na última linha, a informação de que aquele era seu primeiro romance, já adaptado para o cinema. Tratava-se de uma história simples, com diálogos rápidos e personagens bem reconhecíveis. Observei mais um pouco a cara do sujeito, não devia ter mais que trinta e cinco anos. Nunca gostei das pessoas que fazem sucesso cedo.

— Pai — falei. Cocei o queixo e continuei: — Posso escrever sobre você? Sobre essas coisas?

Sabia que ele não me ouvia, que não haveria conversa, e por isso mesmo eu falava:

— Talvez nada disso funcione. Pode ser que eu tenha me enganado, não sei. Sabe quando você acha que tava no caminho certo, continua achando, mas meio que fica o tempo todo pensando que na verdade era pro outro lado? Que era pra ter virado pra esquerda lá atrás e agora já era? Tipo, você acha que pode ser ali mesmo, mas alguma coisa fica te martelando que você errou e agora tá só aumentando o erro, e chega uma hora que a sujeira tá tão grande que não dá mais pra voltar?

Tomei um susto quando meu pai virou a cabeça para mim. Seus olhos continuavam fechados e ele não dizia nada, era apenas uma coincidência. Nossas conversas nunca foram muito longas ou cheias de sentimento, mas eu sabia o que sempre esteve nas entrelinhas, ou pelo menos achava que sabia. Ele simplesmente não era o tipo de pai que explorava os assuntos, escavava nossas emoções.

Ver meu pai doente, incapacitado, me ajudou a enxergar melhor suas imperfeições. Eu não conseguia antes, meu ângulo não me permitia. No entanto, naquele instante, vendo seu rosto inchado, a camisola do hospital, o calombo no peito e toda aquela tralha em volta, senti que o entendia melhor. Conseguia compreender toda a complexidade de um cara que tentava, errava, acertava, tinha defeitos e qualidades. Era como se meu pai se transformasse no universo, cheio de detalhes, e eu finalmente voltasse ao lugar em que precisava estar para enxergar tudo aquilo.

Notei sua mão direita abrindo e fechando com força. Levantei para olhar melhor, as gotículas de suor já se espalhavam de novo pela testa. Ele começou a se mexer cada vez mais, sua feição indicava que o mundo explodia dentro da sua cabeça. A respiração era ofegante, como um jogador de futebol em fim de partida. Bufava, levantava o braço, se sacudia. Eu, em pé ao lado da cama, observava imóvel, sem saber o que fazer.

Cheguei mais perto e fui aproximando as mãos com calma. Antes que eu pudesse fazer alguma coisa, vi sua cabeça pender para o lado e uma pequena quantidade de líquido amarelo sair da sua boca em uma tossida seca que manchou a camisola e o lençol. Dei a volta na cama perguntando se ele estava bem ou repetindo "pai", "pai".

Voltei a escutar apenas o zumbido dos aparelhos. Saí do quarto, caminhei até a ilha da enfermagem, me aproximei de uma enfermeira e falei:

— Oi. Acho que meu pai não está bem, ele vomitou os remédios. Você pode ir lá ver?

A frase saiu como se outra pessoa estivesse falando, parecia um balão de história em quadrinhos em cima da minha cabeça. Eu nem sabia se ele realmente tinha vomitado os remédios, apenas disse qualquer coisa para aquela mulher me ajudar. Ela agarrou uma maleta e partiu em direção ao quarto. Segui atrás e, quando cheguei, ela já ouvia os batimentos cardíacos com um estetoscópio. Mediu a temperatura.

— Febre — sussurrou. Então, limpou a gosma amarela do ombro e acendeu a luz. — Vou chamar a plantonista.

Minutos depois, uma mulher alta, de cabelos presos, entrou no quarto. Tinha as maçãs do rosto rosadas, por ter corrido. Seu braço direito estava engessado até o cotovelo. Vestia uma roupa comum do hospital, mas parecia ser importante.

— Você é o que dele?

— Filho.

— Tá sozinho?

— Tô.

Pingava suor das bochechas do meu pai, e seus lábios estavam semiabertos, dando pequenos tremeliques.

— Ele vai ser transferido para a UTI, avise quem tiver que avisar.

Fiquei quieto. Dois enfermeiros chegaram e começaram a destravar a cama. Colocaram um troço que eu imaginei ser um daqueles respiradores artificiais no rosto do meu pai. As rodinhas foram se mexendo e a cama foi saindo pela porta do quarto. A médica, em pé na minha frente, disse, com voz baixa:

— Vai ficar tudo bem.

Sabia que aquela frase era mais geral, não significava "Vai ficar tudo bem, seu pai vai sobreviver", mas mesmo assim não tive reação. Observei enquanto ela saía, guardei meu livro na mochila e coloquei tudo em cima do sofá. O quarto, sem a cama do paciente, parecia a sala de um apartamento recém-adquirido à espera da mobília. Fiquei em pé no clarão deixado pela ausência da cama e olhei para a janela, antes de sair de lá e não voltar mais.

Uma luz amarelo-escura entrava pela janela do fundo e fazia um grande rastro na parede lateral. A sala de espera da UTI estava vazia. Sentei de costas para o vidro, no escuro, e encarei as cadeiras e a porta do elevador. Minha mãe e minha irmã chegaram pouco tempo depois e me acompanharam no silêncio.

Enfiava minha cabeça lateralmente no basculante que dava para a UTI e tentava enxergar alguma coisa lá dentro. Espremido e com a respiração presa, eu encaixava as têmporas entre os ferros e via uma luz piscando lá no fundo.

Uma médica veio até nós. Não consegui prestar atenção ao que ela falava; vários termos técnicos e frases genéricas passavam assobiando pelos meus ouvidos. Comecei a ficar inquieto e dei uma tossida. Todas me olharam.

— Então... Só queria saber um negócio: ele vai acordar?

A doutora esperou um pouco e respondeu:

— Não, não vai.

23

Os dias seguintes foram os mais confusos da minha vida. Meu pai havia morrido, mas ainda vivia. Seu cérebro continuava funcionando, e, enquanto fosse assim, seguíamos indo ao hospital nos horários determinados para visitá-lo na UTI. Eu acordava cedo, comia, pegava o metrô, mas tudo parecia imóvel. O mundo estava estacionado, esperando as coisas voltarem ao normal. Era como se eu também estivesse em coma.

Na primeira vez em que entrei na UTI, fui com minha mãe. A enfermeira que nos acompanhava parou e puxou a cortina de uma das divisórias. Meu pai tinha fios saindo dos dois braços e um tubo grosso, transparente, ligando sua boca a uma máquina. O equipamento era preso por elásticos em X, tal qual uma máscara de mergulho. O som acompanhava a aparência, um mergulhador no fundo do mar, respiração forte, artificial.

O avental hospitalar trazia uma etiqueta com seu nome, idade, algumas siglas e um código de barras. O mesmo adesivo vinha colado em todos os seus pertences: xampu, escova de dentes, espuma de barbear...

— Dei banho nele hoje. Fiz até a barba, não é, senhor? — disse a enfermeira.

Meu pai preferiu não responder.

— Obrigada — falou minha mãe, já ajeitando o elástico que empurrava a maçã do rosto do meu pai.

Não quis saber muitos detalhes sobre o banho, mas devia ser algo como um pano úmido em pernas, braços e sovacos. Notei o andador e as sandálias encostadas em um canto, ao lado de uma bolsa com roupas, objetos que ele não usaria mais. Olhei sua mão, pousada sobre a coxa, com uma espécie de pregador médico preso no dedo. Coloquei a minha em cima e percebi que estava quente. O monitor de batimentos cardíacos, atrás da sua cabeça, desenhava colinas e apitava em ritmo lento. Era um sinal de que ali a vida ainda pulsava.

Eu não queria voltar para casa, não tinha outro lugar para ir e precisava matar uma quantidade de tempo considerável. Decidi voltar ao terraço do hospital e ouvir música olhando para o céu encardido de São Paulo, como havia feito no outro dia. Subi as escadas e encontrei a porta fechada, sem o tijolo e o aviso para mantê-la aberta. Talvez o médico tenha contado aos amigos que algumas pessoas andavam frequentando o lugar e eles decidiram fazer uma chave e trancá-lo.

Desci pensando no que fazer até decidir pelo quinto piso, o último reservado aos quartos. Virei na direção oposta à ilha da enfermagem e li a placa pendurada no teto. Setas indicavam "Quartos", "Cafeteria", "Banheiros" e "Capela". Segui para a capela, o único lugar onde não havia estado ainda.

Era uma sala branca, com cinco bancos longos e estofados, uma cruz de madeira na parede e janelas laterais. Não havia uma Bíblia nem imagens de santos ou vitrais, mas mesmo assim me lembrei da capela do sítio, do receio que eu tinha lá dentro, da sensação de vulnerabilidade, de exposição. Olhei para uma senhora no primeiro banco, passeando com os dedos em um terço de plástico.

Ainda que tivesse medo, todo domingo eu entrava na capela do Recanto das Seriemas. Não precisava ir, porém algo fazia com que eu sempre voltasse. Não olhar para os santos achando que eles descobririam meus segredos podia ter outro lado, pensei. Talvez assim, quase descoberto, na beira do abismo, eu conseguisse enxergar e entender um pouco mais sobre mim.

Um homem de terno, com pinta de executivo, sentou no banco

atrás da senhora do terço. Fiquei observando os dois por algum tempo, mas eles estavam imóveis, quietos, então fui embora. No decorrer da semana, não voltei mais àquela capela. Os dias andaram como imaginado, com as visitas na UTI nos horários combinados. A única diferença foi que, a cada dia, a mão do meu pai ia ficando mais fria.

A transferência para a UTI havia sido na madrugada de domingo, e já estávamos no sábado seguinte. Minha irmã e minha mãe saíram da sala e perguntaram se eu queria ir ao cinema. Aceitei o convite. Foi o melhor momento daquela semana, as únicas horas em que consegui me desconectar de todos os acontecimentos e apenas ver um filme. Era o mesmo sentimento que eu tinha quando escutava um disco dos Beatles ou lia um livro de uma vez só.

Essa foi a minha salvação. As músicas, os livros, o futebol, a televisão, o cinema. Nenhum médico poderia ter feito isso por mim. Durante todos aqueles meses, foi em cima dessas coisas que eu flutuei. Por mais pesado que o ambiente ficasse, entre andadores, remédios, convulsões e fraldas, eu tinha meu bote salva-vidas, e sempre que entrasse nele estaria tudo bem.

No dia seguinte, fui à UTI com minha irmã. Ela pegou na mão do meu pai e começou a conversar com ele, como vinha fazendo durante a semana. Aquilo me deixava desconfortável, mas eu tentava não demonstrar. Apesar de entender, me parecia estranho, tragicômico. Mesmo assim, era ali, olhando para ele, que as lembranças vinham na minha cabeça. Os cheiros, as risadas, as broncas. As coisas mais específicas, o que não fazia sentido ser lembrado. O mais importante e o mais banal. Via meu pai e me lembrava de quem ele era, do que passamos.

O velho carro preto, Ubatuba, barba áspera, limões, televisão, jornal, churros, tapa nas costas, campo de futebol de pregos, vidraçaria, Dois Pombos, Canindé, pão de queijo, balas, churrasco, lentes de contato, bicicleta. Tudo. Imaginava meu pai no hospital quando eu nasci, uma camisa com estampa de tapete, mãos dadas com minha irmã pequena, apontando pelo vidro. Era uma memória inventada, mas preferia me lembrar do meu pai assim.

No dia seguinte, ligaram para minha mãe. Entrei no carro sabendo o que nos esperava. Éramos só ela e eu, nos colocaram em uma sala. A médica que tinha dito que meu pai não acordaria mais apareceu pouco depois e deu a notícia. Seguimos até a baia onde ele ficava e abrimos a cortina. Meu pai já estava diferente. Meus olhos se inundaram em um segundo e virei as costas. Achava que aguentaria, mas errei. Voltamos para a rua e olhei o céu, cinza, premeditando chuva forte. Tentei estabelecer alguma relação entre aquele tempo e a morte do meu pai, bobagem, porém é o que fazemos às vezes.

Fiquei sozinho no hospital por mais de uma hora enquanto minha mãe buscava minha irmã e dava início às burocracias necessárias. Sentei no térreo e pensei que era o fim, mas de maneira positiva. Não havia mais doença, estava tudo acabado. Muitas peças do dominó tinham caído até aquele momento, e essa era a última.

Hoje, algum tempo depois de essa peça cair, acho que entendo um pouco mais do dominó. É um jogo de escolhas. Você tem muitas peças na mão, mas deve optar apenas por uma. Só fale quando for preciso, em códigos, do tipo "doble" ou "terno". O dominó muda toda hora, não adianta guardar as pedras, elas podem terminar sem utilidade na sua mão. Seu parceiro está ali para ajudar você e ser ajudado.

O mais importante é que o dominó acaba e recomeça incessantemente, nem sempre com as mesmas pessoas à mesa. De um jeito ou de outro, as peças voltam a ser embaralhadas e o jogo continua.

AGRADECIMENTOS

Dezenas de pessoas fizeram parte da construção deste livro. Agradeço imensamente aos amigos e familiares que sempre me apoiaram e mando um beijo especial para minhas avós, Eugênia e Nina. Beijos também para Bia e Marília, que acreditam mais em mim do que eu mesmo. E um longo abraço na minha mãe, a maior responsável por eu escrever livros.

Sou muito grato pelas trocas que tive com colegas e professores no Vera Cruz e no Clipe, cursos de escrita importantes na construção deste romance. Meu amigo de berço, Ivan, embarcou nessa jornada comigo e por isso eu lhe agradeço. Roberto Taddei, sempre generoso com minha escrita, ajudou a tirar estas páginas da gaveta. Obrigado.

Agradeço a toda a equipe da SM, em especial a Graziela Ribeiro dos Santos, que teve muito respeito com meu trabalho e deu contribuições cirúrgicas para o texto. Obrigado de coração pelo cuidado, esforço e seriedade de todos.

Por fim, gostaria de agradecer ao meu pai, que me contou uma história parecida com a deste livro, mas ainda assim bem diferente. Essa, só eu e ele vamos saber.

SOBRE O AUTOR

Pedro Tavares nasceu em São Paulo, em 1991. Formado em Rádio e Televisão pela Faculdade Cásper Líbero, atua como escritor, jornalista e roteirista. Em 2018, lançou *O pedaço da coxa de um anjo – Aventura em Istambul*, livro de crônicas de viagem. *Peças de um dominó* é seu primeiro romance.

Fontes: Bell Gothic e Edita
Papel: Pólen Soft 80 g/m²